HÄPEÄKETJU

FSC
www.fsc.org
MIX
Paperi vastuul -
lisista lähteistä
Paper from
responsible sources
FSC® C105338

HÄPEÄKETJU

Hilkka Hämäläinen 2020

Hilkka Hämäläinen 2020

Valmistaja: Books on Demand GmbH, Norderstedt, Saksa

Kustantaja: Books on Demand GmbH, Helsinki, Suomi

ISBN 978-952-80-2623-5

Kannen kuva Hilkka Hämäläinen

Taitto Hilkka Hämäläinen

www.bod.fi

*Minä etsin minuuttani,
sitä mikä minussa tahtoo nousta esiin,
muuttumatonta, syvintä ydintäni.
Minä etsin ihmistä, joka odottavana
lepää sisimmässäni
ja tahtoo tulla kutsutuksi eloon.*

*Minä etsin sitä osaa itsessäni, joka ei ole
muotoutunut joukon painostuksesta
sen enempää kuin tarpeesta sopeutua,
vaan siitä tietoisuudesta
että olen ainutlaatuinen.*

*Minä etsin sitä paikkaa maailmassa,
jonka vain minä voin täyttää.
En tahdo, että minuun kaadetaan sellaista
mitä en halua ottaa vastaan,
enkä tahdo olla
toisten ajatusten äänitorvena.*

*Minä etsin itseyteni lähdettä
voidakseni päästää sen vapaasti
pulppuamaan.*

Tuuli opetteli kävelemään. Ensin hän ryömi ja konttasi tuvan lattialla. Oppi istumaan ilman tukea. Pellavapään suussa pilkotti neljä riisinjyvää.

– Hampaita tulee, äiti sanoi, kun tyttö kiukutteli vuoroin nälkää ja väsymystä.

Tuuli tarrasi sormensa äidin rinnuksiin, posket pyreinä ahmi maitoa, nukahti, heräsi ja hymyili. Kasvoi. Söi puuroa, leikki varpaillaan, imi peukaloaan, itki, nauroi ja nukkui. Halusi leikkiä siskojen kanssa. Repi siskon joululahjaksi saamalta mollamaijalta letit ja nappisilmät. Nyhti kissaa hännästä. Puno pakeni omalle petilleen uunin pankolle.

Annilta pääsi itku, kun Tuuli kiskoi sisartaan tukasta. Isä erotti heidät ja noukki tytön sormista tumman hiustukon. Anni

juoksi äidin syliin vollottamaan. Tuuli kont-
tasi höyläpenkin alle, pyllähti istualleen
isänsä jalkojen viereen. Tiukasti tarttui
isän housunlahkeisiin ja rimpuili jaloilleen.
Ote luisti ja tasapaino petti. Pää kolahti
lattiaan ja tyttö kiljui kasvot punaisena.

– Pirpana kävelee puita pitkin, isä
nauroi ja nosti syliinsä. Tuleeko sinustakin
timpuri?

Tytön vaaleissa hiuksissa kiikkui höy-
länlastuja, pieni nyrkki hamusi peukalon
suuhun. Isä istutti hänet matalalle veisto-
pölkylle. Siinä Tuuli viihtyi, kun sai puuka-
pulan, jolla kilkuttaa rumpua. Se oli ema-
linen pesuvati.

Tuulin pellavainen paita oli pitkä, sis-
kon vanha kolttu. Se peitti paljaan pyllyn
ja reisien hiertymät. Paidan saumat olivat

rispaantuneet ja helmaan pissa oli kuvioi-
nut kartan. Pulleat nilkat punoittivat aha-
voituneina poimuina.

Äiti opetti Tuulia potalle ja kesällä ki-
paisemaan ulos siskojen kanssa iltapissil-
le. Vahinkoja sattui. Aina ei ehtinyt. Yöllä-
kin joskus lirahti sänkyyn.

Isän nikkaroimassa laidasta vedettä-
vässä sängyssä nukkui kolme tytärtä. Al-
kuun esikoinen yksinään ja Anni ja Leena
yhdessä kolme vuotta, kunnes kuopus
syntyi. Kasvaville sisaruksille yhteinen
sänky ahdas ja nahistelevat lapset puto-
sivat lattialle. Olkitäytteisen patjan kuiva-
tus ja lakanoiden pesu uuvutti äitiä. Tal-
vellakin pyykit oli pestävä saunalla, kan-
nettava puita, tehtävä tulet muuripadan
alle ja nostettava vettä kaivosta. Saippu-

aa ei kaupasta sodan jälkeen saanut ja pakkasella vaatteiden kuivatus tuvassa oli työmaa.

Torpan lämmitys ja puiden kanto oli jokapäiväinen uurastus. Kivestä muuratussa leivinuunissa poltettiin parikin sylyllistä halkoja. Ison uunin päällä kuivui lapaset ja rukkaset, kengät ja sukat, sinne pääsi kylmästä lämmittelemään. Pirtin hirsiset seinät olivat ajan sekä savun tummentamat. Valmiita länkiä kuivui kattoon kiinnitetyssä orressa. Talven pimeinä puhdetöinä päre savutti silmiä kirvelevää kituliasta valoa.

Huonekalutkin olivat isän tekemiä. Tuvassa oli ruokapöytä ja pitkät penkit ikkunoiden alla. Korkean astiakaapin ovissa oli maalatut kukkakoristeet. Kamarin liinavaatekaapissa oli peilin molemmin puolin pienet lasiovet äidin tavaroita varten. Niihin tai isän laatikossa oleviin rakennusten piirustuksiin tytöt eivät saaneet koskea. Tärkein piirustus oli Mynttilän kansakoulu. Sen harjakaisia juhlittiin samana vuonna, kun sodan pilvet tummuivat Suomen rajoilla.

Isä jäi kotiin, kun nuoremmat miehet joutuivat rintamalle. Hänen työnsä sodan aikana oli opettaa kansakoulun poikia puutöissä ja hevosille täytyi veistää länkiä. Kylän viljelykset piti kylvää ja korjata. Peltotöistä sai palkaksi leipäjauhoja tai porsaan kasvatettavaksi. Talven polttopuut isä keräsi omasta metsästä. Palsta oli syntymäkodista lohkaistu perintö isän elinajaksi.

Torpan omaa maata oli yli kaksi hehtaaria, josta yläpellolla viljeltiin ruista ja alapellot heinää. Omavarainen talous ei riittänyt koko vuoden ajaksi. Huono vuosi palellutti perunan varret ja halla kuritti rukiin tähkät. Leipä loppui. Navetassa kanojen, lehmän ja lampaiden kanssa kasvatettiin porsas, joka syksyllä teurastettiin. Sika paloiteltiin ja suolattiin isoon sammioon kylmään aittaan. Talven mittaan lihaa paistettiin joko leivinuunissa tai kypsennettiin kinkkuja kuumassa savusaunassa. Maidon loppuminen lopetti voin, kun lehmä oli ummessa. Kun vasikka syntyi, tytöt saivat herkutella kernimaitoon tehdyllä pannukakulla.

Äidin askareet risteilivät nopeaan tahtiin kaivon, navetan ja tuvan välillä. Veden kanto mäen alla olevasta kaivosta koetteli voimia. Talvella polku tuiskusi umpeen ja ämpärit viistivät lumeen. Vesikelkan vetämiseen tarvittiin kaksi tai saavi keikahti kesken matkan.

Jokapäiväinen huoli riippui vanhempien harteilla. Pelko asettui taloksi. Tykit jytisivät, liekkien loimotus huitoi taivaalle. Tuvassa kurkittiin ikkunoista ja kuulosteltiin pommikoneita. Kun koneet lähestyivät, oli juostava metsään turvaan. Leena osasi kävellä ja pitää äidin kädestä, kun toisessa kainalossa oli kapaloon kietaistu Anni. Sodan viimeisen vuoden syksyllä syntyi kolmas lapsi. Hän sai nimen Tuuli.

Köyhyys oli asettunut Suomeen sodan jälkeisenä puutteena. Kouluissa oli paljon lapsia köyhistä oloista. Heitä vertailtiin maalaistalojen rikkaisiin lapsiin, joilla oli eväsleipien välissä makkaraa ja maitopullo.

Torpat olivat joskus olleet tavallisia perheiden koteja. Niiden rakentamiseen sisältyi vuosisadan takainen historia.

Vuokrasopimuksen mukaisesti oli torppana pidettävä maatilan alue, joka maanviljelyksen harjoittamista varten vuokralle annettiin ja oli varustettu siihen tarkoitetuilla rakennuksilla. Vuokralaisen oli työskenneltävä isäntätalossa tietty määrä päiviä viikossa. Tarkkaan oli määrätty kuinka työvelvoite täytyi hoitaa. Jos vuokranmaksu oli suoritettava päivätyönä, määrättiin vuokrakirjassa niiden jako vuotta kohti semmoiseksi, ettei vuokramies estynyt omaa maanviljelystään hoitamasta. Keskimääräinen työvelvoite oli kolme päivää viikossa hevosen kanssa. Jos välikirjassa ei ollut tällaista määräystä, jaettiin päivätytöt tasan pitkin vuotta.

Mäkitupalaisten asunnot olivat olleet pieniä mökkejä maatilan alueella. Heidän oli täytynyt maksaa tilalliselle tuvan vuokra työvelvoitteena; taksvärkkinä. Yleensä vuokra-asumukseen ei kuulunut mainittavammin viljelypinta-alaa, toisin kuin torppaan. Käsityöläiset, kuten kirvesmiehet ja suutarit, saivat elantonsa pääasiassa ulkopuolisilla töillä, jolloin palkka maksettiin rahana.

Suomen eduskunnan asetuksella vuonna 1918 tuli voimaan laki vuokra-alueiden lunastusoikeudesta.

Mäkitupa-alueen lunastushinnan suoritti vuokranantajalle valtio. Uuden omistajan oli suoritettava hinta takaisin valtiolle vuosittaisilla lyhennysmaksuilla,

Torpan lunastushinta täytyi arvioida lunastettavien vuokranantajan rakennusten, viljelyalueen ja metsän mukaan. Tilaan, joka lain mukaan lunastettiin torpparin omaksi, luettiin torpan alueeseen kuuluva tontti sekä viljelykelpoiset tilukset, yhteensä korkeintaan kymmenen hehtaaria.

Lunastushinnan vuokra-alueesta ja siihen kuuluvista etuuksista, lunastettavan metsän arvo siihen luettuna, suoritti vuok-

ranantajalle valtio joko rahassa tai valtion
takaamissa viiden prosentin korkoa kas-
vavissa obligatoneissa, taikka osaksi
kummassakin.

Tuuli oli lapsena kokenut isot maalaistalot
kadehdittaviksi, koska ne tarjosivat läm-
pöä ja ruokaa. Neljän kilometrin koulu-
matkalla oli kaksi taloa, joissa hän poik-
kesi. Honkamäellä tyttö sai voileivän ja
lasin maitoa ja loppumatka kouluun hu-
jahti yhdessä Helgan kanssa. Kilometri
ennen koulua oli Puustellin kartano, mutta
sen saunan kohdalla tytöt lisäsivät vauh-
tia. Syksyllä olivat erehtyneet puutarhaan
omenavarkaisiin, mutta jäivät kiinni. Piti
käydä pyytämässä anteeksi.

Koulusta tullessaan Tuuli kuljetti pos-
tia Einarin ja Martan torpalle. Jos Martta

oli leiponut, hän antoi tytölle lämpimäisiä. Martan pullassa oli paljon keltaista väriä, se tuli kananmunista.

Sata metriä ennen kotia olevassa Laurilassa oli monta huonetta ja sähköt tuli, kun napsautti seinästä. Heillä oli koko kylän ainut televisio, josta käytiin katsomassa kotimaisia elokuvia, Näkemiin Helena ja Koskenlaskijan morsian tai Niskavuoren nuori emäntä. Niissä näyttelivät Tauno Palo ja Elina Pohjanpää.

Talvella naapurin pihassa paloi lyhtypylväässä kirkas lamppu ja tuvan ikkunasta näkyi valoa, kun pimeällä lähti kävelemään kouluun.

Tuulin kotona oli öljylamppu ja rutiseva radio, jota ei saanut kuunnella, jos äiti kielsi. Oli kaksi huonetta ja hirsinen seinä sisällä ja ulkona. Kun isä oli veistänyt länkiä lähikylien hevosille, oli hirren raossa poltettu parettä. Tuvan seinä oli mustunut, koska päreestä oli tyrkännyt savua tupaan. Silmien kirvely jäi, kun sotavuosien jälkeisen säännöstelyn loputtua tuli myös valopetrolia kauppaan ja isä osti lampun, jossa sitä poltettiin. Lamppu nostettiin seinälle ja se valaisi Annin ja Leenan koululäksyt pöydän ääressä ja äidillä oli valoa hellan luona.

Hiekkalan perheestä on yksi valokuva. Se on otettu kesällä tuvan takana, kamarin ikkunan edessä. Taustalla hirsinen seinä näkyy ja tikapuut, joilla lapset eivät saaneet kiipeillä. Kesämekkoon puettu kaksivuotias Tuuli katsoo otsa rypyssä suoraan kameraan ja nojaa takana istuvan äidin polveen. Hänen valkeat hiuksensa ovat päälaelta pörrössä. Äidin käsi on tytön käsivarrella kuin pitääkseen lapsen paikoillaan. Hymysuinen Anni seisoo kukkahameessaan kuopuksen rinnalla. Sisarusten ikäero on kolme vuotta. Isä istuu tyytyväisen näköisenä tyttöjensä keskellä tikapuiden puolalla. Isän vierellä on Leena. Hänellä on ruudullinen mekko, tummat hiukset niin kuin äidillä ja Annilla. Leenan ikä on kahdeksan vuotta, isän neljäkymmentäyhdeksän äidin neljäkymmentäkaksi.

Se valokuva on yksi niistä harvoista, joita kotimökin lipastossa oli. Kuva isästä ja hänen siskostaan Helsingissä on musteläiskien tuhrima, samoin äidin nuorimman veljen hautajaisista otettu kuva. Ilmari kaatui talvisodassa ja haudattiin, kun äiti odotti Annia. Helmi tädin ja mummon kuva on valokuvaamon ottama. Yhdessä kuvassa on rentoja nuoria miehiä rinnatusten penkillä istumassa, keskimmäisellä on huuliharppu, toisella viulu nojallaan polvella. He ovat isän veljiä. Isästä yksin otettu kuva on Tuulille tärkein. Siinä isä soittaa viulua. On varmaan alle kahdenkymmenen, kun on niin siloposkinen nuorukainen. Kasvonpiirteet, pisamat, vaaleat hiukset ja silmät on Tuuli häneltä perinyt. Surullisia mustetahroja on myös isän hautajaisissa otetuissa kuvissa. Isän äitikin laskee kukkasiaan poikansa haudalle. Hautajaisten aikaan viisitoistavuotias Leena oli jo muuttanut pois kotoa ja Anni täyttänyt kaksitoista. Kolme tytärtä on äidin kanssa jättämässä isälle hyvästi.

Myöhemmin isän veljet kävivät useinkin Tuulin kotona auttamassa miesten töissä. Läheisin isän veljistä oli Viljo setä, joka tulla tupsahti punaisella moottoripyörällä pihaan. Kun täytyi kuljettaa viljasäkkiä myllyyn tai kyntää perunapeltoa tai äestää ruismaata kevään kylvöille, äidin veljistäkin sai apumiehiä.

Pula-ajan talous kuritti suomalaisia ja erityisesti pienviljelijöitä. Elintarvikkeita säännösteltiin ja ruokatarvikkeita myytiin kupongeilla. Sodan aikaan ja sen jälkeen maanviljelyksen hyöty koitui koko kylän eduksi, koska kaupoissa ei ollut mitään ostettavaa.

Jo Leenan syntymän aikaan vuonna 1939 voi ja sokeri joutuivat kortille. Säännöstely konkretisoitui, kun ilman ostokorttia ei saanut ostettua maitoa, lihaa, kahvia, viljaa, viljatuotteita, voita, teetä, perunajauhoja, kuivattuja hedelmiä, maitoa, maataloustuotteita, lihaa, lihajalosteita, kananmunia, perunoita, makeisia eikä makeutusaineita. Ruoan lisäksi kortille joutui moni kulutustavara, kuten saippua, puhdistusaineet, vaatteet, jalkineet, alkoholi ja tupakka. Henkilökohtaiset elintarvikekortit olivat erilaisia riippuen kortinhaltijan iästä ja ammatista. Ostokortti tarkoitti siis vain lupaa ostaa kulloistakin tuotetta, itse kortti ei käynyt maksuvälineeksi.

Säännöstelyn piirissä saattoi olla samanaikaisesti 51 erilaista ostokorttia. Tiukimmillaan rajoitukset olivat vuosina 1941 – 1945, jolloin lähes kaikki tärkeimmät elintarvikkeet olivat korteilla.

Kangasta ei saanut kaupasta. Lasten vaatteet tehtiin aikuisten vanhoista vaatteista. Kasvatettiin pellavaa ja sitä liotettiin, loukutettiin ja kudottiin kankaaksi, josta sai lakanoita, pyyhkeitä tai paitoja ja alusvaatteita. Lampaita pidettiin, villoista kehrättiin lankaa, kudottiin sukkia ja villapaitoja.

Kengistä ja mekoista oli kolmen tyttären perheessä pulaa. Äiti sai Helsingin tädiltä käytettyjä pukuja ja takkeja, joista purkamalla sai tytöille mekkoja. Kun jostain löytyi kenkiä, niitä korjautettiin tai teetettiin suutarilla uusia.

Leena aloitti koulun syyskuussa ja lokakuussa syntyi Tuuli. Anni meni kouluun kolme vuotta myöhemmin. Hän sai pukea isosiskon pitämät mekot ja jalkineet. Tuuli häpesi kouluvaatteitaan. Ne olivat käytettyjä, oli pientä ja isoa, paikattua housua tai jatkettua hametta. Risoja kenkiä hän ei huolinut, halusi omat. Niistä hän sai kiittää naapurissa asuvaa Bernhard setää. Suutari tikkasi tallukoihin varret vanhoista kankaista ja lumpuista ja laittoi pohjat nahan paloista. Tallukat olivat lämpimät pakkasella, suojakelillä ne kastuivat.

Ensimmäiset omat kaupasta ostetut kengät Tuuli muistaa kuin eilisen päivän. Jännittävän hieno matka oli tehtävä polkupyörällä, joka lainattiin naapurin Tuulalta. Äidillä oli omansa, kun lähdettiin polkemaan kauas Hietasen Osuuskauppaan. Matkaa oli 12 kilometriä suuntaansa ja äiti pelkäsi, jaksaako tyttö polkea. Tuulia pelotti jos kenkiä ei olekaan tai onko sopivan kokoisia. Kauppias levitti tiskille laatikoittain naisten ja lasten kenkiä ja sanoi niitä ruotsalaisiksi juhlakengiksi.

Tuuli sovitti omansa. Kasvuvaraa oli jätettävä. Kengissä oli kärkiosa valkeaa nahkaa ja kantapuoli ruskeaa. Kotiin pyöräily ei väsyttänyt, kun tarakalla oli uudet kesäkengät. Koulun kevätjuhlassa ne olivat ensimmäistä kertaa jalassa uuden sinisen mekon kanssa.

Sodan päättymisestä oli kulunut vajaa kymmenen vuotta. Hiekkalan pienviljelijäperheessä oli vaikeuksien kanssa menty eteenpäin päivä kerrallaan.

Isän sairaus oli vienyt pohjan tulevaisuudelta. Tiuruniemen sairaalassa oli kerrottu, ettei keuhkosyöpään enää tehonnut sädehoito, eikä kasvainta voinut leikata. Hänet oli lopulta lähetetty taksilla kotiin.

Tuvan oven avautumisen ja isän asumisen kynnyksen yli, Tuuli muistaa siitä, miltä äiti näytti hellan edessä seisoessaan. Isällä oli pitkä harmaa takki ja matkalaukku, jonka hän laski naulakon alle. Hiljaisuutta kuunneltiin liikkumatta, kun odotettiin mitä isä sanoo.

– Laittoivat kotiin kuolemaan.

Kamarista tehtiin isälle potilashuone. Hän laihtui, koska ei jaksanut syödä. Kotiaskareet hoidettiin isän hoitamisen rinnalla. Tytöt auttoivat alusastioiden kuljetuksessa ja äidin tehtävä oli morfiinin antaminen. Joskus kamarissa viipyminen tuntui vaikealta, koska isän kipujen valitus oli pelottavaa.

Isän lähtö ei ollut pelottava. Oli elokuun iltapäivä ja äiti oli lypsylle menossa. Sitä ennen hän oli käynyt kamarissa ja nähnyt lähdön lähestyvän. Istuttiin sängyn viereen rukoilemaan ja hyvästelemään. Isä oli levollinen, hänen viimeiset sanansa olivat lohduttavia.

– Älkää itkekö, älkää itkekö, isä näkee Jeesuksen.

Isän kuolema pudotti perheeseen surun rinnalle puutteen. Taloudellista tukea oli haettava kirkonkylän sosiaalitoimiston kautta. Anomuksen tekeminen tapahtui asiamiehen avustuksella. Äidin täytyi kävellä kahdeksan kilometriä Puustellin taloon viedäkseen isännälle kerjuukirje kunnanvirastoon vietäväksi. Sosiaalihuollon lautakunta sitten ajastaan päätti, annettiinko leskelle ruoka-apua ja milloin tai miten se toimitettiin perille. Jos virkamiehet miettivät päätöstä päiväkausia, oli nälkäisen perheen odotus pitkä.

Naapuritalojen pellot tarjosivat työtä sadonkorjuun aikoina. Äiti otti tyttäret mukaan heinäpellolle haravoimaan, rukiinleikkuuseen tai kaivamaan perunaa. Vastaan ei sanottu, talosta sai ruoan. Työväki sai ruoka-aikaan syödä niin paljon kuin jaksoi. Emäntä oli paistanut lihaa ja leipää, oli voita, perunaa, kiisseliä ja kahvin kanssa tuoretta pullaa. Kotiin vietäväksi sai viljasäkin tai porsaan karsinaan kasvatettavaksi. Omavaraista taloutta paikkasi Leenan työpalkastaan antama rahallinen apu. Sillä oli suuri merkitys äidille, koska hänellä ei ollut mitään tuloja.

Tuuli oli yhdentoista. Isän kuolemasta oli kaksi vuotta. Äiti oli aamulla kertonut menevänsä kaupunkiin. Ei ollut kertonut tyttärelleen mille asialle meni. Tuulin palatessa koulusta äiti hersyili imelää hymyä ja näytti violettia leninkiä. Sanoi sen olevan vihkimekko.

Kylällä nähty lapseton leskimies oli asettunut taloksi. Mies rakensi taloon toisen kerroksen, teki vinttiin kamarin, laittoi huopakaton, laudoitti hirsiset ulkoseinät ja maalasi vaalean vihreäksi. Se osti radion. Osti kaasulampun, jossa oli kirkas valo.

Äiti käski kutsua miestä sedäksi. Sana pyöri Tuulin suussa kuin kuuma peruna ja ääni takertui kurkkuun. Sedälle piti olla kiltti, ettei setä suutu! Setä tuo rahaa taloon. Tuulille saadaan ruokaa pöytään.

Jos setä suuttuu, se kerää tavaransa, ottaa äidistä eron ja siinä tulee eteen muutto.

Koululäksyjä täytyi tehdä saman pöydän toisessa päässä, missä toisella puolella humalainen silmä tuijotti kohti. Sillä oli kiljua ja sahtia tuvan kaapissa. Viinapullon se laittoi lattialle pöydän jalan viereen. Äiti passasi sille ruokaa eteen. Keitti perunoita ja kahvia, kun se käski. Perkeleet putoilivat kerniliinalle. Sen päähän oli pesinyt sotatrauma, josta se ruikki ympärilleen.

Kesän aikaan vinttiin pääsi piiloon. Tuuli teki oman piilopaikan ikkunan alle savupiipun taakse. Siellä sai yksin tehdä koululäksyjä tai lukea kirjaston kirjoja. Helpompi oli olla kotona, kun isäpuoli lähti töihin ja asui metsäkämpällä. Silloin ei ollut riitoja. Paitsi yksi oli paha.

Äidin mies nukkui kamarissa isän sängyssä ja äidillä oli oma heteka. Ne remontoivat huoneen, laittoivat tapetit ja maalasivat lattian. Ikkunan alla olevalla pöydällä oli valkea kangasliina.

– Oletpas sinä isäsi näköinen tyttö, pyhäkoulun opettaja oli sanonut Tuulille.

– Kurre, Kurre, sulla on kurren hampaatkin, sinun isäs on Kurre Antson, koulussa huudeltiin.

Koulukaverin äiti oli puhunut, että Tuulin äiti oli viimeisen sotavuoden aikana kuljeskellut jonkun ruotsalaisen kanssa. Mies oli ollut työmiehenä samalla kylällä. Tyttö kysyi äidiltään, kuka joku Kurre Antsonin oli. Äiti kielsi kuuntelemasta naapureiden paskapuheita.

Tuuli otti valokuvia kamarin piirongin laatikosta ja levitti niitä pöydälle. Etsi isän kuvat erilleen. Hän hymyili piirongin peilin edessä ja vertaili itseään isän kuvaan. Molemmilla oli leuassa kuoppa, silmät ja suu samanlaiset. Hiukset olivat vaalean ruskeat. Leenalla ja Annilla oli äidin tumma tukka.

Tuuli haki äidin kynän ja mustepuollon. Hän tiesi mikä kuva oli otettu isän Tyyne siskon kanssa Helsingissä. Ei hän ehtinyt sitä kirjoittaa, kun pullo kaatui pöydälle. Muste levisi liinalle ja sotki osan kuvista. Tuulilta karkasi kova kiljaisu, jonka äiti kuuli tupaan ja ryntäsi hätiin. Hän riuhtaisi liinan pöydältä, puisteli sitä kuin pölyrättiä keskellä remontoitua huonetta. Tummansiniset musteläiskät pyrähtivät lintuparven lailla vasta tapetoiduille seinille, siitä katon kautta maalatulle lattialle.

– Herramunjumala, mitä sinä tyttö olet mennyt tekemään!

Äiti riuhtoi Tuulia ovesta ulos, tyrkki tuvan läpi eteiseen ja rappusilta pihanurmelle kontalleen. Siinä rusautti pihakoivusta oksan, nylki tytön housut alas, sai takamuksen paljaaksi ja antoi risun paukkua. Veriset naarmut loimottivat pakaroilla ja reisillä. Piiska löi tyhjään ilmaan vasta, kun Tuuli oksensi, lyyhistyi mahalleen nurmikolle ja jäi siihen.

– Voihyväjumala, voihyväjumala, olenko minä meinannut lapseni tappaa, voi voi herrasiunaa!

Kamarin ovi laitettiin kiinni..

Tuulin oli lähdettävä kouluun. Hän ei osannut läksyjään, tuijotteli ikkunasta ulos. Opettaja kyseli mikä tyttöä siellä pihalla kiinnosti. Omenapuutko?

Tuuli kuuli äidin äänen. Tuuli oli tuhma. Ei ollut totellut äitiä. Oli aina sanottu, ettei mustepulloon saanut koskea. Nyt Tuuli on sotkenut koko kamarin. Setä suuttuu, kunhan tulee metsäkämpältä viikonloppuna. Se lähtee, jättää äidin, ottaa torpasta oman avio-osuutensa ja koti myydään vieraalle. Ei äiti pysty sitä osuutta maksamaan. On lähdettävä mieron tielle. Tuhmat lapset laitetaan lastenkotiin kasvamaan.

Kun Tuuli tuli koulusta joitakin päiviä myöhemmin, kamarin ovi oli auki. Seinillä

oli puhtaat tapetit, musteläiskät oli maalat-
tu laipiosta ja lattiasta.

Koskaan Tuulille ei selvinnyt, kuinka
kamarin tapetointi oli tehty.

Rippikoulun jälkeen Tuuli oli saanut töitä Aseman Ruoka ja Sekatavarakaupassa. Harjoittelijan palkka oli pieni, mutta riitti vuokraan. Töistä ei uskaltanut myöhästyä, kauppias oli pelottava. Suuhunsa ei saanut pistää mitään, ei leipomon laatikoihin pudonneita murujakaan. Kotiin lähtiessä taskut käännettiin nurin, ettei varastettua tavaraa hävinnyt myyjien taskuihin. Jos lattialle tippui käsistä vaikka kahvipaketti, siitä tuli mustaan kirjaan merkintä.

Oma huone omakotitalon yläkerrassa oli mykistävän hieno. Pöydän virkaa toimitti työpaikalta tuodut puiset appelsiinilaatikot, joiden päälle sai liinan. Kaverit toivat tupaantuliaisiin kattilan ja lautasia, kun Tuuli oli niitä pyytänyt. Omistaja antoi tyttärensä vanhan sängyn ja kaksi tuolia.

Ikkunaverhot tyttö ompeli käydessään äidin syntymäpäivillä. Sieltä tullessaan toi räsymaton ja aitasta otti Leenan vanhan sängynpeiton. Huoneessa oli sähköhella ja Tuuli oli kotiapulaisena ollessaan oppinut leipomaan pullia ja tekemään ruokaa. Nyt teki kastiketta tai makkarakeittoa, jota sai lämmittää töiden jälkeen.

Filmitähtiä seinällä oli emännän silmiin ihan liikaa, eivätkä sellaiset ihmiset sopineet palvottaviksi. James Deanien kuvat Tuuli on saanut Suosikin sivuilta. Kun sisälehdellä oli iso värikuva Audrey Hepburnista elokuvassa Aamiainen Tiffanyllä, tuli tähdestä muotivillitys. Nyt kaikki laittoivat sifonkihuivin tupeerattujen hiustensa peitoksi. Tuuli ompeli Brigitte Bardot'n mallin mukaisen ruudullisen tanssimekon. Kaulukset olivat isot, helma leveä ja rypytetty. Alushameita täytyi olla kaksi ja ne tärkättiin perunajauholla kovaksi.

Viereisessä talossa asui työkaveri, jonka veljellä oli auto. Joskus Tuuli sai kyydin Metsälinnan isolle lavalle, missä orkesteri soitti tangoja. Niitä saivat tytöt keskenään tanssia. Jos jäi eturiviin odottamaan, milloin poika tulee pokkaamaan, joutui pettymään.

– Vierestä vietiin, kavereitaan pidempi tyttö kuittasi, kun lopulta sai jäädä istumaan penkille seinänruusuksi. Istuessa pituus jäi huomaamatta. Jos lyhyt poika haki, Tuuli antoi rukkaset.

Kesäaikaan Työväentalon tanssit veti poikia ja tyttöjä pyörimään toistensa ympärillä. Lavan reunoilla pussailtiin, kursailtiin ja kosketeltiin. Ensimmäiset kielisuu-

delmat veivät tajunnan. Ihastukset täytti-
vät ajatukset. Tuulin toive toteutui, kun
hän sai Parkkisen Reijolta kyydin kotiin.
Poika oli ajanut vesisateessa hiekkatien
mutkissa vasemmalla puolella ja se oli
pelottanut. BB mekon helmat kuraantuivat
alushameita myöten ja tennareissa oli
vettä.

– Hei kato nyt miten mustat kengät!
Peset nämä, kun noin ajoit liian kovaa.

– Morjens, jos kyyti oli huono, niin ei
tarjota toista kertaa.

– Hei kiitos Repa, hyvin kelpaa. Tyttö
piteli mopon satulasta kiinni ja puisteli
hamettaan. Tuletko huomenna kuviin?
Siellä oli mainos uusimmasta…

– Taidat käydä paljon elokuvissa. Meikä poika tykkää vaan ajella motocrossia hiekkamontulla.

– Vaarallista touhua on sellainen kivikossa ajelu. Kävin kerran katsomassa, kun Pirjon veli voitti pokaalin.

– Hei Tuuli pitää jo mennä…

Asemankylän Harjulinna oli uusi elokuvateatteri. Ennen kuvien alkua porukkaa kokoontui kahvilaan. Sieltä sai seurata keitä meni lippuluukulle. Jonon lopussa vahtimestari laittoi teatterin oven kiinni.

– Kello on yli seitsemän, ei kukaan myöhässä kuviin mene.

– Onko jo? Pitää mennä vessaan.
Taisi olla turha odotus.

– Etkö uskaltanut pissatakaan, jos jannu katoaa kuviin, Pirjo kiusasi.

Tuuli oli pihkassa. Paakkinen oli komea ja rento. Tumma tukka oli kuin lättähatuilla muillakin, oli James Deanin tyylinen mokkanahkainen takki ja farmarit. Tyttö oli poikaa kolme tai neljä senttiä pidempi, mutta ei se mopon kyydissä meinannut. Sydäntä jytkytti, kun otti tiukasti vyötäröltä kiinni ja painoi posken pojan selkään.

Tuuli tuli vessasta ja istui Pirjon pöytään limsapullon kanssa. Oli muotia juodaan Coca Cola pillillä niin kuin Marilyn Monroen mainoskuvissa.

– Hei anna mullekin tupakka!

Pirjo ojensi Menthol askin ja tikut pöydän yli, mutta piti niitä kädessään.

– Kuulepas lapsukainen, saanko antaa vanhemman neuvon.

– Poltathan sinä itsekin, kuinka alat minua neuvoa.

– Tuuli nyt on kyse muusta. Ethän nyt vaan suutu, kun täytyy kertoa sulle yksi juttu, Pirjo aloitti. Tulin eilen Rautsikan kautta, kun Paakkinen ajoi...

– Joo tiedän joo anna nyt ne tupakat!

Tyttö oli lukiossa, sen Tuuli tiesi, kun oli nähnyt Pukimossa ostamassa ylioppilaslakkia äitinsä kanssa. Tuulin rintaliiviostos oli jäänyt kesken, kun myyjän täytyi hyöriä vuoroin jakkupukua sovittavan äidin ja tyttären sovituskopeissa. Perhe asui omakotitalossa kirjaston vieressä. Tuuli oli rouvan huomannut pihaa haravoimassa, kun meni kirjastoon. Tuulin täytyi kaupassa nopeasti laskea asiakkaan ostokset, eikä virheitä saanut tulla. Musta kirja täyttyi ja kauppias oli neuvonut opettelemaan kertolaskua. Sitä varten täytyi lainata kirja.

Onhan niitä muitakin kauppoja tällä kylällä, eikä joka kaupassa pidä raahata jauhosäkkejä selässä, Tuulin teki mieli sanoa. Mietti milloin lähtisi kysymään töitä Virastotalon alakertaan avatusta Einon Elintarvikkeesta. Pirjo oli sinne jo päässyt ja kertonut uusista kassakoneista.

Pirjon veljen porukka oli erilaista mitä Tuulin kaverit. Mopoja ei näkynyt, vaan

kaikki olivat tulleet autolla Metsästysseu-
ran majalle kihlajaisiin.

– Hei ei olisi pitänyt tulla! Nehän on
noin kännissä. Pirjo kuulitko, kato nyt
tuonkin teryleenihousun rasvalettiä tuolla
terassilla.

– Se teryleeni on minun serkku Juval-
ta ja vaimo on tuolla keittiössä tekemässä
voileipiä. Menen sitä auttamaan. Tuletko
sinä?

– Pirjo kato miten hieno tyyni järvi.
Voisin mennä vaikka soutelemaan tuolla
veneellä.

– Otahan tyttö sahtia, on vahvaa, nou-
see päähän. Löylykauhaa pitelevä käsi
ojensi juomaa, jota Tuuli inhosi eniten. Oli

siitä hajusta kärsinyt lapsena Hiekkalassa.

– Hei, onko tuolla veneellä lupa soutaa?

Tuulin kysymys hukkui melun alle. Vastausta ei tullut. Sahtikauhaa kierrätettiin terassin penkeillä, missä mekkalan pääjehu keljuili kavereilleen. Tappelun nujakka uhkasi levitä ja Tuuli otti jalat alleen ja meni laiturille.

– Se on seuran vene, taitaa olla lukossa. Olisitko halunnut soutaa?

– Olisiko se avain keittiössä? Voitko kysyä joltain?

– Hei Väiski, tiedätkö veneen avainta missä on? No mihin se nyt meni, saunaanko. Odota siinä, käyn etsimässä.

– Annetaan olla se vene, olisi vaan niin hienoa päästä järvelle, kun on tyyni ilta.

– Voidaan mennä laiturille istumaan. Ei ole itikoita…

Tuulin rinnalla oli joku pitkä kaveri ja poltteli piippua. Se oli tuttu haju lapsuudesta, kun isällä oli ollut piippu. Äiti siitä ei tykännyt ja syöpään sairastumisen jälkeen oli lopettava tupakointi.

– Mitä piipputupakkaa sinä poltat, Tuuli kysyi. Onko se Glann'ia?

– Mistä sinä sen arvasit? Poltako sinäkin piippua?

– Minä myyn niitä tupakoita kaupassa.

– Jaa missä olet töissä?

– Laukkarisen Sekatavarassa myydään Jymyäkin, jos haluat tulla ostamaan.

– Nyt taidat jymäyttää. Eikös se ole vanhojen ukkojen tupakkaa.

– Eihän tuo vene olekaan lukossa! Näetkö? Ala tulla, jos meinaat kyytiin ehtiä.

Tyynen järven rikkoo moottoriveneen laineet. Laiturille juoksee saunasta alastomia jätkiä ja hyppivät järveen.

– Hei taidan mennä saunaan, piippumies sanoo, saa sinne tytötkin tulla, jos uskaltaa.

– En uskalla, soudan järven toiselle puolelle.

– Onko siellä veneessä tappi kiinni? Kotiinkin on päästävä kunnialla.

– Haluaisitko kunnian viedä minut kotiin? Kai sinulla on auto tuolla pihassa.

– Joo jos kyyti kelpaa, niin mikäs siinä.

Tuuli sanoutui irti työpaikasta ja lähti Heinolan kauppaopistoon opiskelemaan tiedotusoppia ja markkinointia. Hänelle riitti kaksikymmentäkaksi vuotta vuorotyötä ravintola-alalla. Ei olisi jaksanut päivääkään enempää.

Avioerosta ei vielä uskaltanut puhua, mutta tiesi senkin olevan tulossa. Ensin hän haki välimatkaa mieheensä ja reilut sata kilometriä riitti etäisyydeksi myös äitiin. Hän vuokrasi kerrostalosta yksiön kävi viikonloppuisin kotona kääntymässä.

Kun Tuuli perjantaisin meni kotiin, hän nykäisi puhelimen pistokkeen irti. Halusi olla sunnuntaihin saakka tavoittamattomissa, koska pelkäsi tunneryöppyä. Tuuli ei jaksanut kuunnella äidin yksinäisyyttä.

Äiti oli iilimato, joka imi tyttärestään elin-
voiman.

Syyllisyys käski käymään äidin luona
vanhustentalolla. Matkan varrella olevasta
konditoriasta tytär osti voipullia. Kahvia
juotaessa hän selitteli opiskelun kiireitä,
väsymystään, nukkumisen tarvetta, per-
heen arkea tai tenttijaksoja. Äiti niiskutteli.
Se ärsytti Tuulia. Oliko nuha? Ei, ei ollut
nuhaa. Kyllä, kyllä, huolehdin lakuista.
Pois lähtiessä äiti imaisi sen hyvän olon,
jonka kahvihetki oli tyttärelle tuonut. Mit-
kään käynnit eivät riittäneet.

– Joko sinä nyt lähdet. Milloin sinä
taas tulet. Tulethan sinä maksamaan
vuokran 14 päivä.

Vuokranmaksu oli varma veto joka
kuukausi. Äidille ei sopinut pankin suora-

velotus. Tuulin täytyi mennä pankkikirjan kanssa tiskille, maksaa laskut ja nostaa rahaa. Kukaan muu sitä ei voinut tehdä, koska Tuulilla oli tilioikeus. Omin jaloin äiti ei ollut halukas pankkiin menemään, vaikka kotipalvelusta olisi saanut kyydin. Heihin kun ei voinut luottaa edes asunnon siivouksessa. Huiskaisivat vain pitkällä harjalla vähän keskeltä lattiaa. Tuuli sentään pesi sängyn alustatkin rätillä ja konttasi polvillaan samalla tavalla kuin oli lapsena opetettu.

Tytär tunnisti, kuinka äiti häntä pyöritti kuin pässiä narussa. Puhuminen ei tuottanut toivottua tulosta. Äiti niiskutti ikäväänsä. Täytyi korottaa ääntä. Tuuli kadotti kontrollin. Muutaman kerran sattui päästämään oikein kunnolla irti. Että helvetti kun ei jaksa, niin ei jaksa.

Hän listasi äidilleen, kuinka asioiden täytyy muuttua.

– Onhan sinulla kaksi muutakin tytärtä. Miksi minulle aina valitat? Marise vaikka talonmiehelle, kun kotipalvelussa hommat ei toimi. Mene naapuriin kahville, jos olet yksinäinen. Soita Leena hätiin, niin pääset lääkäriin. Niillä puhelut maksaa miehen firma. Firman autolla matka ei maksa mitään, kun on ilmaiset bensat. Hoitakoon se vuorollaan sinulle pankkiasioita. Kun jättää ulkomaan matkat jouluna tekemättä, on aikaa ajella vanhustentalolle lattioita luuttuamaan. Niin, onhan Leenallakin keittiössä uuni, missä paistaa äidille joulukinkun. Jos se kinkku on sitten liian suolainen ja raaka, ei tarvitse minun viakseni vierittää.

Tuuli pelkäsi joulua jo marraskuussa. Lahjavihjeitä tunki postiluukusta ja televisiosta. Kaupoissa soi joulumusiikki. Kilkutus kävi hermoon. Taas ne helvetin pitkät juhlapyhät lähestyivät! Pään sisäinen perhedraama tulisi jokavuotisena uusintana.

Tuuli oli tullut opiskelujen välissä kotiin lomalle, laittanut jouluruokia perheelle ja siivonnut taloa. Olisi mieluummin kaivautunut omaan sänkyynsä kahden täkin alle. Hän halusi nukkua kellon ympäri, käydä jääkaapilla tekemässä kinkkuleivän ja kävellä takaisin sänkyyn. Levänneenä olisi lähtenyt Uuden Vuoden jälkeen jatkamaan opintoja.

Aatonaattona mies oli vastannut puhelimeen. Äiti oli itkenyt yksinäistä surkeuttaan. Kotiavustajan tekemät kauppalistat olivat jääneet toimittamatta. Mummo oli ilman ruokaa ja joulu oli tulossa.

Oli jouluaatto, kun Tuuli meni iltapäivällä ruokakauppaan. Hän itki hyllyrivin välissä. Voimat olivat lopussa, mutta äidin luo oli mentävä. Mummo istui kiikkutuolissa. Puhumatta Tuuli meni keittiöön ja purki jääkaappiin maitoa, laatikoita, leipää, rosollia, torttuja ja leivinuunissa paistamansa pienen kinkun.

Äiti niiskutti. Tuuli kysyi, onko flunssa. Ei, ei ollut nuha.

– Joulusiivousta eivät käyneet tekemässä, kun niillä on aina niin kiire. Joulusaunasta ei ole tietoa, joutaako kukaan selkää pesemään. Talonmieskin erosi, kun eukko lähti toisen miehen matkaan.

Tuuli sanoi menevänsä kirkkoon kolmen aikaan ja vie samalla isän haudalle kynttilän.

– Petivaatteita eivät tulleet vaihtamaan. Milloin lie viimeksi vessaa kunnolla pesseet, kun niillä on aina niin kiire.

Tuulin mitta ryöppysi reunan yli. Hän kasasi päiväpeitteen, tyynyn, lakanat ja täkin rullalle ja tyrkkäsi sen ovesta lumihankeen. Jätti oven auki. Antoi pakkasen päästä sisään. Nykäisi lattiamatot syliinsä ja tyrkkäsi ne puistelutelineelle. Löysi mattopiiskan komerosta. Vanhustentalon asukkaille löytyi aihetta kurkkia ikkunoista.

Äiti jupisi jotain jouluaatosta ja pakkasesta. Tuuli sulki korvansa. Luuttusi lattiat ja heitteli mattoja sisään. Sänkyyn vaihtui puhdasta pussilakanoita myöten ja lumihangessa pyörinyt päiväpeite oli raikas.

– Nyt minä menen sinne kirkkoon, Tuuli sanoi. Kun tulen, keitetään sitten kahvit ja syödään torttuja.

– Miten sinä sinne kirkkoon nyt, kun minä jään tänne yksin. Jos et menisi, olisit nyt vielä. Tukkakin on niin pitkä, kun sitä ei kukaan ole ehtinyt leikkaamaan. On tuo käsikin niin kipeä, ettei oikein saa kammattua.

Tuulin täytyi mennä ovesta ulos. Autossa tuli itku.

Hautausmaalla oli pimeää, kynttilöiden liekit lämmittivät lumisia polkuja hautojen välissä. Isän hautakivi löytyi koivun vierestä. Tuuli nosteli lunta ja asetti palavan kynttilän kuoppaan. Liekki lepatti, oli sammua, mutta kirkastui ja valaisi hautakiven. Tuuli katsoi vuosilukuja. Isän kuolemasta oli kulunut 38 vuotta.

– Isä, minulla on sinua ikävä.

Kirkosta hän palasi äidin luo. Pyöritteli tummuneita saksia. Niillä oli lapsena leikellyt paperinukkeja. Tuuli pyysi äitiä istumaan keittiön tuolille ja laittoi pyyheliinan hartioille. Hän pidätteli itkua, kun leikkasi harmaantuneita hiuksia.

Sekin oli surullinen jouluaatto.

Vaikka Tuuli oli viidentoista ikäisenä lähtenyt kotoa ja kävi töissä, oli hänen mentävä äitiä auttamaan. Oli pestävä Hiekkalan tuvan lattia juuriharjalla, puisteltava petivaatteet ja matot, vaihdettava hyllypaperit, leivottava tiikerikakku, torttuja ja pullaa.

Jos Leena ja Anni tulivat perheensä kanssa, tuvassa esitettiin perhejoulua.

Lasten kanssa laulettiin tip, tap, tip, tap, tipetipetiptap, soihdut sammuu, kaikki väki nukkuu. Pyörittiin piirissä kuusen ympärillä ja oltiin olevinaan iloisia.

Jaettiin väkinäisesti hankittuja joululahjoja ja istuttiin kylki kyljessä isän nikkaroimaan ruokapöytään päivälliselle. Pöydän päässä kännäsi äidin puoliso. Sillä oli viinapullo, josta se tyrkytti vävyille kossuryyppyjä. Perhe söi ääneti jouluateriaa, kun kännikala heilui Kannaksella tappamassa ryssänperkeleitä.

Odotettiin, että se lähtisi saunaan ja sammuisi sinne. Jos se ei kyennyt lähtemään, se putosi penkiltä lattialle, ja örisi yön yli siinä. Jos sillä oli vielä viinaa, se aloitti aamulla ja jatkoi päivän, jos ei välillä sammunut.

Leena soitti matkakuulumisia. Paluulento oli myöhästynyt monta tuntia ja yöllä oli Helsingissä ollut pakkanen. Töihin täytyi taas mennä loppiaisen jälkeen, eikä yhtään huvittanut. Matka oli ollut hieno. Maltalla sää oli ollut kuin Suomen toukokuussa.

Jouluaattona oli ikävä rosollia, imellettyä perunalaatikkoa ja kinkkua. Neljän tähden hotellin päivällisellä oli tarjoiltu vain sitkeää lammasta ja keitettyä kaalia. Kahtena päivänä oli vähän ripotellut vettä, mutta ostoskeskus oli ihan vieressä.

 Uuden Vuoden aattona oli pidetty juhlat uima-altaalla ja kaupungin ilotulitus oli näyttänyt hienolta.

Tuliasia ei osannut ostaa, kun ei tiennyt, milloin ehtii äidin luo. Oli kentältä tultuaan heti soitellut äidille ja kysellyt, miten joulu oli mennyt. Äiti oli itkenyt, kun naapurit olivat ihmetelleet tyttären joulusiivouksia.

– Sinun pitää nyt pyytää anteeksi. Äidillä oli ollut aattona kylmä, kun olit pitänyt pakkasella ovia ulos asti auki.

– Mitään en pyydä! Mieti, jos itse hoitaisit samat hommat, mitä minun on täytynyt vuosien mittaan tehdä. Milloin sinä olit jouluna äidin luona? Kuinka monta vuotta siitä on? Soitakin sille ja pyydä anteeksi, kun et ole pitkään aikaan käynyt.

– Ei se äiti täällä enää kauan ole, kun on niin vanha. Eikä vanhalle ihmiselle saa sillä tavalla huutaa.

– Tiedätkö, miltä tuntuu, kun te keskenänne haukutte minua selän takana.

Ikinä et puolusta minua. Äiti voivottelee ja sinä uskot. Kun äitiä itkettää, kenen syy se on? En minä ole vastuussa sen itkuista. Omistani olen, jos en osaa pitää puoliani.

– Ei se suuri vaiva ole jouluna käydä, kun asut lähellä. Minä olin perheen kanssa Maltalla.

– Minullakin on oma perhe ja olisin halunnut olla kotona jouluaaton. Mummolle täytyi mennä siivoamaan ja arvaa miksi. Siksi, että äiti ei ollut avannut ovea kotipalvelun siivoojalle. Eila oli mennyt sovittuna päivänä, soittanut ovikelloa, äiti oli kurkkinut ikkunasta, mutta ei ollut päästänyt sisälle.

– Onhan äidin kuulo jo aika huono. Minäkin soitin kelloa monta kertaa, kun viimeksi kävin.

– Eikä tämä ollut ensimmäinen kerta. Mieti sitten, miksi se kotipalvelun kauppalappukin joulun alla katosi.

– No onhan äiti vanha. Muistaa huonosti. Eivätkä kotiavustajat kaikkiin paikkoihin ehdi. Joku voi jäädä väliin.

– Ota sinä hoitaaksesi yhteydenpito kotipalveluun, kun tunnut tietävän asioista. Minä en ole viikolla mailla enkä halmeilla, koska opiskelu jatkuu. Tenttijakso on tammikuussa edessä, enkä tule joka viikonloppu kotona kääntymään. Ukko kyllä pärjää koiransa kanssa.

– Tuo on mahdoton asia äidin ymmärtää. Miten se yksinään hoitaa pankkiasiat?

– Äidin ei pidä hätäillä, kun en ole vuokraa maksamassa. Laskut hoidetaan nyt pankin suoravelotuksen kautta. Käy sinä nostamassa käteistä rahaa tai ota äiti pankkiin mukaan.

– Täältäkö ehdin, kun töissä olen päivällä. Viikonloppunakin on kaikenlaista tekemistä.

– Miten vaan, tilanne on nyt tämä. Tähän asti olen hoitanut äidin asioita yksin. Onko kukaan kiittänyt? Paskat on heitetty niskaan, kun väsyneenä pinna palaa.

– Ajatteletko miten äitiä itketti jouluaattona? Oliko tukan leikkaaminen niin iso vaiva?

– Syyllisyyttä kaadatte minulle, kun sanon, mitä ajattelen. En minä mikään piika tai orja ole. Ole sinä vuorollasi. Soita kotipalveluun ja sano, mistä sinut tavoittaa. Virastossa on minun puhelinnumeroni, mutta en ole siihen vastaamassa.

Äiti oli siirtynyt hoidettavaksi terveyskes-
kuksen vuodeosastolle. Kun Tuuli kävi
äitiä katsomassa, hänen piti aina valeh-
della. Vaikka itku kiersi kurkussa, ei saa-
nut paljastaa, ettei asunut enää miehensä
kanssa. Täytyi käydä välillä vessassa it-
kemässä ahdistavaa oloa.

Äidin mielestä eronnut nainen oli hävettä-
vä. Avioliitto oli elinikäinen. Äiti meni hau-
taan sen luulon kanssa, että kaikki tyttäret
olivat naimisissa.

Hautajaisten jälkeen Leena alkoi ky-
sellä Tuulin hallussa olevia Hiekkalan
asiakirjoja; isän aikaisia kauppakirjoja,
testamentti- ja perunkirjoitusten papereita,
palovakuutusmaksujen kuitteja. Halusi ne
itselleen.

Tuuli sanoi, ei käy. Kun oli pitkään kusetettu ja käytetty piikana, ei yhteistyötä ollut luvassa. Leena sai luulla olevansa suvun päämies, mutta komentelu riitti. Äiti oli mullan alla, lapsuudesta muistona selkäsaunat, köyhyys ja isäpuolen juoppohullut räyhäämiset. Niistä ei sopinut puhua. Siskoilla oli ollut ihan hyvä lapsuus.

Leena valitti Annille, kuinka hirveä akka Tuulista oli tullut. Se oli pelottava ja äkkipikainen huutaja. Oli kiroillut rumasti lastenkin kuullen, pilasi juhannuksen ja lapsenlapsen syntymäpäivän. Keitti kahvia Leenan ostamalla kaasulla. Teki tuvan nurkalle kukkapenkit ja mäen alle mansikkamaan. Se oli tunkenut mökille, vaikka Leena oli ollut silloin loman vietossa. Petipaikat olivat loppuneet juhannusaattona. Tuuli halusi olla perhettä. Valitti yksin oloa kaupungissa. Tahtoi olla maalla. Mitäs otti ukostaan eron? Olisihan siellä ollut oma pihaa ja tiilitalo. Törmäsi pihaan, kun Leena oli ollut ulkona paistamassa muuripohjalettuja lapsille. Tuuli oli jättänyt autonsa nurmikolle, eikä siirtänyt, vaikka sanottiin siitä. Se mätti omat ruokansa jääkappiin ja muistutti, että omisti sen kaapin ja mökistä puolet. Nauroi pirullisesti, kun oli tunkenut kamariin nukkumaan ja käskenyt Leenan menemään pihalle telttaan käärmeiden syötiksi.

Tuuli oli jäänyt roikkumaan Hiekkalaan viikoksi. Leenan oli pakko pakata ja lähteä lasten kanssa kaupunkiin kesken loman. Siellä otti kovat keinot käyttöön. Olihan Tuuli saatava pois Hiekkalasta jollakin konstilla. Hän palkkasi oikeusavustajan, jolla laad-tutti Tuulille kirjeen.

Tuuli ihmetteli, kun postissa oli tulossa kirjattu kirje. Tosin aavisti, että siskolla voi olla asiaa. Se oli lähetellyt kotikaupunkinsa postikortteja, kuin turisti. Kortissaan Leena oli kieltänyt kaikki puutarhatyöt!

Mutta olihan se naurettavaa, että täyspäinen lakimies selittää, ettei mansikan taimia saa istuttaa, jos kyseessä on yhteisomistus. Tekstistä ei selvinnyt, mistä pykälästä oli kysymys.

Tuuli ei kielloista säikkynyt, ne antoivat tuulta purjeisiin.

Kasvimaa laajeni. Väittely jatkui. Tuuli omisti puolet tilasta, missä vuosikymmeniä oli oltu omavaraisia. Lapsuuden aikana pelloilla oli kasvanut porkkanaa ja punajuurta. Oli kylvetty tilliä, salaattia, persiljaa. Kohta voisi istuttaa tomaatin taimia

aitan taakse aurinkoiselle seinustalle. Nii-
den kastelu tosin vaatisi toistuvia Hiekka-
lassa käyntejä, oleskelua juhannuksena
ja kitkemistä heinäkuussa. Tuulille se oli
yksi helvetin sama sopiko suunnitelma
Leenalle.

Seuraavana kesänä mansikat kukkisi-
vat ja hän saisi syödä omia mansikoita.
Isosisko ei niihin saisi koskea.

Leena halusi jakaa käyttövuorot. Olla
oman porukkansa kanssa mökillä kuu-
kauden kerrallaan, jolloin Tuulilla ei olisi
sinne tulemista. Pikkusisko voisi pitää
yksinään omat kuukautensa. Niin he oli-
vat Annin kanssa suunnitelleet ja toden-
neet systeemin toimivaksi. Leenan tytär-
kin piti ehdotusta hyvänä. Lapset pääsisi-

vät mummin kanssa uimarannalle ja vaari veisi soutelemaan.

Anni lähetti Tuulille kirjeen. Oli samaa mieltä Leenan kanssa. Tuulin pitäisi kuunnella Leenaa. Täytyisi sopia Hiekkalan asioista, eikä omin päin ihan kaikkea tehdä. Leenaa oli harmittanut, kun Tuuli oli niittänyt hienot horsmat kaivon ympäriltä. Miksi oli ilman lupaa kaatanut saunan luota kauniit lehtipuut ja kysymättä myynyt puut vieraalle. Sehän oli kiellettyä. Sutelan isäntä oli kertonut Leenalle, kuinka mökillä oli moottorisaha laulanut päivätolkulla. Vaimon kanssa olivat ikkunasta nähneet, kun Tuulin auto ajoi talon ohi ja sen peräkärryssä oli silloin puukuorma.

Varkaaksi syyttämistä Tuuli ei sietänyt. Peruuttamaton oli ylitetty. Hän soitti

Sutelaan ja kysyi minkä auton peräkär-
ryssä se puukuorma oli ollut.

– Tuota joo, kyllähän ne tuossa tiellä
ajelee, ei niistä ota selvää.

Anni soitti Tuulille ja kertoi miehensä takaajien vaatimuksista. Annin tulisi käräjäoikeudelle selvittää, onko hänellä perintönä tulevaa omaisuutta. Hiekkalasta hän perii vain isän osan ja äidin tekemän testamentin mukaisesti saa samat käyttöoikeudet Leenan ja Tuulin kanssa. Selvitystä varten Tuulin pitäisi ottaa valokopiot kotimökin kauppakirjoista, verotiedoista, testamentista, perunkirjoituksista ja lähettää ne postissa.

Äidin testamenttiin oli ollut syynsä. Rahavaikeudet olivat aina olleet suvun tiedossa. Anni soimasi itseään typeryydestä, kun oli kirjoittanut nimensä vekseliin. Oli aina ollut löperö. Ei halunnut riidellä, jos mies oli kironnut ja lyönyt nyrkkiä pöytään. Lainarahalla oli vuosikausia pyöritetty automaalaamoita ja jätetty verot, korot ja lyhennykset maksamatta. Kun pankkiveloista oli viety perheen omistusasunto ja Anni muuttanut miehensä mukaan kunnan vuokrataloon, oli äiti tehnyt testamentin. Tuulin ja Leenan perinnöstä ei huolimattoman vävyn velkoja maksettaisi.

Leena halusi ostaa Hiekkalan. Hän ilmoitti mielestään sopivan kauppasumman. Siskokset vetivät nyt yhtä köyttä, mutta toisessa päässä roikkui itsepäinen Tuuli. Jumalauta! Leenalle hän ei mökkiä antaisi mistään hinnasta! Hävyttömän pilkkahintainen tarjous ei sopinut, eikä se, että Hiekkala tulisi olemaan Leenan perheen lomapaikka, missä Annikin sai luvan oleilla. Tuuli vaati, että kiinteistövälittäjä käy paikan päällä, tekee todellisen hintaarvion ja hoitaa myynnin. Kun kaupat olisi tehty, hän ei kusisikaan sinne päin.

Tuuli palkkasi oikeusavustajan, koska asia ei muuten edennyt. Lakimies sanoi kyseessä olevan tyypillinen perintöriita. Usein riidellään ruostuneista kattiloista ja koinsyömistä lakanoista. Oikeusjuttua ei kannata edes harkita, koska kulut olisivat enemmän, mitä omaisuus on. Helpointa olisi myydä ja jakaa rahat. Testamentin mukainen isän osa määräytyisi myynti-hinnan perusteella. Kiinteistövälittäjä hoi-taa kaupanteon.

Tuuli nousee syntymäkodin vintille. Avaa kamarin ikkunan, siirtää repaleisen pitsiverhon sivuun. Talven kitkerä kosteus on imeytynyt asumattomaan huoneeseen. Ikkunalaudalla on kärpäsen raatoja ja hiiret ovat paskantaneet sänkypeitteelle ja lattioille.

– Kuu kiurusta kesään, puoli kuuta peipposesta, västäräkistä vähäsen.

Metsän reunan varjoissa on vielä lunta. Saunan seinustalle paistaa nyt aamuaurinko, kun pusikot on vaivattu ja miehen korkuiset horsmat niitetty.

Syksyllä Tuuli oli laittanut tuulemaan. Hän oli pyytänyt avukseen miehen ja moottorisahan. Paksut haavat ja lepät kaadettiin ja rungot pätkittiin. Tuulin työksi

oli jäänyt pilkkoa pölkyt ja pinota poltto-
puut katokseen.

Kivikasan purkaminen saunapolun vie-
restä oli ollut hirmuinen urakka. Siihen
liittyi lapsuuden käärmeiden pelkoja.
Saunasta tullessa raunion pitkät juola-
vehnät olivat huiskineet inhottavasti pal-
jaille kintuille. Kuivuneet heinän korret
olivat kahisseet ja suhisseet tuulessa kuin
käärmeen sihinä. Oli täytynyt juosta lujaa,
etteivät lierot saaneet kiinni. Joskus äiti oli
pakottanut hakemaan vettä kaivosta, mut-
ta tyttö ei ollut uskaltanut sanoa vastaan.
Piiska oli näkyvästi kamarin oven karmin
päällä.

Syksy oli ollut lämmin marraskuun
loppuun. Tuuli päätti purkaa kiviröykkiön.
Liikkumaton, paksu sumu roikkui pihassa

ja pelloilla. Työmaalle oli pakko mennä, vaikka pelotti niin saatanasti. Aitan kulmalla hän tuijotti mäen alla olevaa käärmeenpesää. Keräsi rohkeutta. Selkää pitkin luikki kauhu. Ohimoilla vihloi ja olkapäillä räkätti sarvipäitä. Menisit hyytelö kotiisi! Ei marraskuussa ole käärmeitä.

Tuuli kampesi kiviä. Väänsi lapiolla möykkyistä multaa, punnersi ja vieritti. Pelko oksetti. Hän paiskoi kiviä kottikärriin ja sinkosi perkeleet perään. Huutaessaan hän tiesi olevansa täyshullu. Vihan voimalla sai kaivettua kivenmurikat ylös. Työpäivien päätteeksi Tuuli lämmitti saunan ja kantoi kaivosta muuripataan vettä. Ulkona pimeni, kun hän lepäsi ja rentoutui löylyssä. Uupuneena meni tupaan valmistamaan iltapalaa. Hän veti verhot ikkunoiden eteen ja lukitsi ulko-oven, jonka jäl-

keen nukahti makeasti päivän rasitukses-
ta. Virkeänä aamukahvit juotuaan puki
taas työvaatteet ja lähti sumuiselle, märäl-
le pellolle töihin.

Yläkerrassa Tuuli avaa maantienpuoleisen ikkunan. Verhon takana ikkunalaudalla on kansakoulun kirjoja, sinikantisia ainevihkoja ja laatikossa Tuulin piirustuksia. Seiniin lyödyissä nauloissa roikkuu vanhoja vaatteita, muovipusseista pursuu matonkuteita, nurkkaan on kasattu kenkiä ja sanomalehtiä. Ikkunasta mahtuva roju sinkoutuu alas nurmikolle. Kasan alle jää kuhmuraiset patjat, tyynyt, hiiren syömät täkit ja räsymatot. Punaiset nukenvaunut sujahtavat maahan, samoin suutarin lestit, kolhuiset pesuvadit, sukkulat, isän vanhat sukset ja sauvat. Kangaspuut ja rukki eivät mahdu ikkunasta, eikä poljettava ompelukone, Singer, jolla äiti oli ommellut kolmelle tyttärelle vaatteet.

Sotavuosien jälkeen kangasta ei ollut kaupassa. Vanhoja vaatteita purettiin, käännettiin nurin, paikattiin tai pienennettiin aikuisten vaatteista lapsille sopivia. Kangas kuin kangas, vaate kuin vaate oli tarpeellinen kolmen tyttären pukemiseksi. Leenalta vaatteet jäivät Annille ja Tuulin oli pakko pitää siskojen vanhoja. Hän muistaa ensimmäisen oman sinisen mekon, jonka äiti ompeli toiselle luokalle kevätjuhlaan. Siinä oli leveä, rypytetty helma ja lyhyet pussihihat. Se mekko oli Tuulilla isän haudalla. Omaa takkia ei ollut. Naapurin Tuulalta hän oli saanut lainaksi kengät ja takin.

Tavaroiden hävitys jatkuu liiterissä ja kahdessa aitassa. Isän aikaiset kirvesmiehen työkalut ja höyläpenkin hän aikoo myydä antikvariaattiin. Jos niistä ei saa rahaa, saavat viedä vaikka ilmaiseksi. Leenan pojalle hän ei niitä antaisi. Leena oli jo viime syksynä käynyt omimassa tuvasta isän tekemän astiakaapin ja kamarista vienyt piirongin. Pihakeinukin oli antanut tyttärelleen. Leena ja Anni saavat jakaa äidin vanhat tavarat keskenään. Ne olivat aitassa pahvilaatikoissa. Viekööt lusikat, kahvikupit ja kuhmuraiset kattilat.

Tuulille oli ollut valtavan suuri helpotus, ettei häntä pyydetty tyhjentämään vanhustentalon asuntoa. Opiskelupaikka oli silloin ollut riittävän kaukana. Leena oli tuonut äidin omaisuuden Hiekkalan liiteriin.

Siivousurakka herättää huomiota ja maantiellä kulkijat kummastelevat näkemäänsä. Liiterin ja aitan tavarat ovat pitkin pihaa. On ämpäreitä, kattiloita, suksia, punainen pyykkisaavi, kirvesmiehen työ-

kaluja, sänkyjä, rukki ja pyykkinarulla
vuodevaatteita ja mattoja. Pahvilaatikoita
ja jätesäkkejä on kasattu pakettiauton
viereen. Kunhan siivous olisi viikon aika-
na tehty, kiinteistövälittäjä tulisi arvioi-
maan myyntihinnan. Puuttuu vain Annin
ja Leenan virkatodistukset ja valtakirjat,
jonka jälkeen Tuuli voisi allekirjoittaa toi-
meksiannon.

Satavuotisen Suomen juhlintaan osallis-
tuivat myös monet kesäteatterit. Väinö
Linnan kirjaan pohjautuva Täällä Pohjan-
tähden alla oli yksi suosituimmista käsikir-
joituksista.

Linnan teksti kertoo suomalaisten elä-
mästä enemmän kuin kymmenet histo-
riakirjoitukset yhteensä. Teoksen sivuilla
syrjäinen hämäläiskylä elää alkuvoimais-
ta, maanläheistä ja luonnonvaraista elä-
määnsä kansamme suurina murroskausi-
na.

Keskeisen aiheen muodostavat Pentin-
kulman torppariperheiden, tilanomistajien,
kartanonherran ja pappilan väen toisiinsa
punoutuneet kohtalot. Linna käyttää ne-
rokkaasti mahtavimpia aseitaan; katkeraa

huumoria, syvenevää ihmiskuvausta ja kansan suusta siepattua puhetta.

Lehtipuiden ympäröimän Tuusulan työväentalon pihaan tuotiin yleisöä varten penkkirivit. Lavasteiden keskelle rakennettiin pappilan torppari Koskelan koti ja navetta. Sivummalla oli Laurilan perheen vaatimaton asumus, sekä mäen rinteessä kartanon työvelvollisten mökki.

Ohjaaja Eija Vilpas vaati näyttelijöiltä aitoutta. Kevättalven harjoituksissa hiottiin henkilöhahmojen uskottavuutta. Vuorosanat täytyi muistaa ennen työväentalon ulkoharjoituksiin menoa.

Tuulin roolihahmo oli Töyryn emäntä, särmikäs ja kateellisuuteen taipuvainen tilanomistaja, joka piti kuria torppareille ja kapinahenkisille mäkitupalaisille. Eija Vil-

pas käski käyttämään ääntä. Muminasta
ei saanut selvää. Puhe oli liian hidasta.
Ei! Lisää voimaa! Uskottavuutta.

Esitysten alettua heinäkuussa Tuuli
kuvitteli Töyryn emännälle rikkaan maata-
lon, jonka komeilla portailla hän omistajan
elkein seisoi.

Mielikuva kartanon porraspylväistä
nousi vuosien takaa, jolloin Tuulin perhe
oli saanut kutsun Wahlmanien sukukoko-
ukseen.

Kutsu oli yllättänyt, kun oli saanut
kuulla olevansa sellaisen suvun jäsen,
josta ei ollut kuunaan kuullutkaan. Täy-
tyyhän sinne mennä, Tuuli päätti. Teini-
ikäinen tytär lupasi lähteä mukaan.

– Onko meillä sopivia juhlavaatteita kirkkoon? Mitäs sanot, jos lainataan kansallispuvut ensimmäistä päivää varten.

– No käy, mutta mitään myssyä ei laiteta päähän.

– Katsotaan Mikkelin seudun pukuja, jos niissä löytyy sopivia kokoja.

Jumalanpalvelus Ristiinan kirkossa kokosi suvun yhteiseen kastetilaisuuteen. Wahlmanien nuorin jäsen sai nimen Wilhelmiina Aleksandra.

Saarnassaan pappi puhui vahvoista sukupolvien ketjuista, joiden yhteisöllisyys on tukenut maaseudun ihmisiä ja rakentanut seurakunnan elinvoimaa.

– Olisitko uskonut, että meillä on sukulaisia tuonne urkuparvelle saakka, Tuuli supatti tyttärelleen.

– No en! Tunnetko ketään?

– Tutun näköisiä naisia tervehti rapuilla, mutta nimeä en muistanut.

Kirkosta siirryttiin seppeleenlaskuun. Sotaveteraanien Veljeskuoron laulaessa Finlandiaa, oli monella liikutuksen kyyneleet silmissä.

Juhlatunnelma keveni kirkonkylän koulukeskuksessa. Lounastauon jälkeen vierasjoukko täytti liikuntasalin penkkirivit ja Katri Pulkkinen paljasti Wahlmanien sukutaulut. Tauluihin oli kirjattu esivanhempien elinpiirit ajasta ennen Suomen itsenäisyyttä ja sieltä nykypäivään saak-

ka. Samuel Wahlmanin sukuhaarasta
Tuuli löysi isovanhempansa, lapsuuden
perheensä, miehensä sekä tyttärensä
tiedot. Tilanne tuntui koomiselta. Hän oli
siihen saakka luullut, ettei sukulaisia mon-
takaan ollut ja nyt heitä oli koolla sata-
määrin. Olo oli kuin kuokkavieraalla, vaik-
ka juhla oli oma.

Ihmettely jatkui seuraavana päivänä,
kun kahdeksaan linja-autoon pakkautui
väkeä penkit täytteen ja autoletka lähti
kiertoajelulle. Kirkonkylältä reitti seuraili
Saimaan rantoja ja matkan varrella py-
sähdyttiin Wahlmanien kotipaikoilla. Ko-
mean harjumaiseman jälkeen oltiin Por-
rassalmen taistelun muistomerkillä, missä
oli ohjelmallinen seppeleenlasku. Päivän
viimeinen pysähdys oli pitokartano, jota
Wahlmanit olivat asuttaneet monen suku-

polven ajan. Lounaspöydässä Tuuli tapasi Pirjon ja hänen kolme tytärtään. Serkukset miettivät milloin olivat nähneet viimeksi, olisiko se ollut mummon hautajaisissa.

– Voiko siitä olla jo yli kolmekymmentä vuotta? Muutin häiden jälkeen Helsinkiin töihin, enkä voinut lähteä hautajaisiin.

Tuuli lupasi viedä Pirjolta kukkakimpun isoäidin haudalle, kun sinne seuraavan kerran menee. Jos hän käy ostoksilla Helsingissä, soittaa Pirjolle ja juttua jatketaan.

Pulkkisen opettajapari oli koonnut Ristiinan perinnepiirin avustuksella historiikin. Wahlmanien esivanhemmat olivat asettuneet pappiloihin, maanviljelystiloille ja kartanoihin, joiden maille oli aikoinaan rakennettu asunnot työväen perheille. Kyläyhteisön rinnakkaiselo oli kutonut ihmissuhteiden ketjua ja keskinäiset avioliitot kaventaneet yhteiskunnallisia eroja. Maatilojen ja pappiloiden tyttäret ja pojat, kartanoiden piiat ja rengit, torpparit ja mäkitupalaiset jatkoivat sukuhaaroja.

Mielenkiintoisen kirjasta teki työväestön elämästä kertovat kirjaukset. Torppariperheiden ja mäkitupalaisten mustavalkoiset valokuvat pehmensivät vuosisadan takaista historian kertomusta. Vuokraviljelijöiden sopimuksista pidettyjä työlistoja oli säilytetty ja tiedot luetteloitu yksityiskohtaisesti. Rikkeistä eikä rästiin jääneistä töistä armoa annettu. Valtaapitävät ottivat hyödyn tiukoista vaatimuksista.

Äidin vanhempien omistuksessa ollut Sutelakin mainittiin kirjassa ja se kiinnosti

Tuulia. Talo oli Hiekkalan naapuritila. Siinä talossa oli äiti kuuden sisaruksensa kanssa elänyt lapsuutensa. Mistä syystä Sutelan tila myytiin, siitä ei koskaan puhuttu. Äiti oli ollut koko ikänsä katkera isänsä tekemälle ratkaisulle.

Kirjaan kootuista valokuvista Tuuli kyseli äidiltään. Talot olivat lähiseudulla ja sukunimet tuttuja. Tunsiko äiti noita talojen tai torppien asukkaita. Ehkä he olivat samaa äidin isän sukua.

Kun Tuulin häät olivat olleet, hän oli kysellyt osoitetietoja. Sulhasen sukulaisia ja kavereita tulisi reilu sata ja saman verran kutsuja on varattu morsiamen vieraille. Missä Helsingin Taimi tädin lapset asuivat? Onko Aarnen tyttärelle osoitetta? Tuuli oli tavannut Pirjon rippukoulun ai-

kaan, kun asui enon luona kirkonkylässä.
Olisi hienoa nähdä kaikkia isän puolen
serkkuja. Mihin Palvimäen Kauko ja Tel-
lervo ovat muuttaneet koulun jälkeen? Äiti
ei tiennyt. Tuuli ihmetteli, ettei heitä kos-
kaan kutsuttu kenenkään häihin tai hauta-
jaisiin. Ei isän eikä äidin puolelta. Oliko
taustalla sukulaisten välien rikkoutumi-
nen?

Tuuli näki usein samaa unta. Hän kävelee polkua kesäisen kauniissa metsässä. Aurinkoisen aukeaman keskellä on laajoja mustikkamaita. Hän on nyt yksin, mutta olo on turvallinen tutussa marjapaikassa. Aukealta hän jatkaa kapeaa tietä mäkeä ylös oikealle, eikä lähde talon pelloille. Matka jatkuu puiden välissä ja hän tulee autioituneelle asumukselle pienen peltoläntin keskelle. Kivijalalle lahonnut hirsikasa on vuosisadan takainen torpparin tupa. Pudonneesta olkikatossa kasvaa juolavehnää ja horsmia. Piilopirtti nukkuu Ruususen untaan vielä seuraavat sadat vuodet ja metsä kätkee pellon.

Unen maisema oli Tuulille tuttu lapsuudesta. Siellä hän oli äidin ja siskojen kanssa kerännyt mustikoita ja vadelmia tai kierrellyt polkuja ristiin rastiin, kun etsi lehmää laitumelta. Torttu oli ollut vapaana laidunmaalla kesän ajan ja sen kiinni ottaminen lypsyä varten oli useinkin Tuulin tehtävä.

Autiotupaan liittyi äidin kertomus hänen vanhempiensa kohtalosta. Torpparin pirtti oli ollut heidän kotinsa, kun Sutelan talo oli täytynyt myydä. Perhe oli joutunut puille paljaille. Seitsemän lasta oli etsinyt leipänsä piikoina ja renkipoikina. Äidin piikapaikka oli ollut Kalliolan kartano. Siellä ollessaan hän oli saanut tiedon isänsä kuolemasta. Vaikeasti sairastunut isä oli siirretty hoidettavaksi kirkonkylään kunnalliskotiin, missä hän oli kuollut. Vainaja oli haudattu ilman, että kotiin oli lähetetty tietoa kuolemasta. Vasta viikkojen jälkeen omaisille oli tullut tilaisuus käydä haudalla, siunata ja jättää jäähyväiset.

Äidillä oli tapana äkäisesti niiskuttaa, kun puhuttiin Sutelasta. Sutelan ihmisillä oli erityinen merkitys ja sinne oli myös näköyhteys. Naapurin peltoja ja Hiekkalaa erotti kaistale metsää, josta äiti harvensi puita muutaman metrin matkalta. Aukko oli kuin ikkuna, josta maantietä oli näkyvissä parisen kilometriä.

Pieni rajametsikkö oli myös polun paikka. Metsän halki kuljettiin uimarannalle, marjametsään tai Bernhardin torpalle. Suutarilla oli ollut paljon töitä, kun sotavuosia seuranneena pula-aikana kyläläiset korjauttivat ja teettivät kenkiä. Hiekkalan lapsilla oli useinkin tarve saada uudet töppöset koulumatkaa varten. Bernhard setä tikkasi sellaiset huovasta ja lumpuista.

Bernhardin ja Hildan lapset olivat ai-
kuisia. Pojalla oli Porvoossa leipomo.
Sieltä hän lähetti vanhemmilleen pakette-
ja. Posti jätti paketit Tuulin koulumatkan
varrella olevaan taloon, josta tyttö kantoi
laatikon kotiin. Palkkioksi Hilda täti antoi
leipomon herkkuja. Sellaisia kakkuja, jot-
ka sulivat suuhun ja pikkuleipiä, joiden
välissä oli makeaa hilloa. Bernhard setä
kävi usein Hiekkalassa. Hänet näki jo ik-
kunasta, kun hän köpötteli keppinsä
kanssa pellon reunaa ja omenapuiden
takaa pihaan. Eteisessä kuuluva kepin
kopina oli kuin joulupukilla, mutta lahjoja
ei Bernhardilta odotettu. Hänen käynnis-
tään jäi tupaan levollinen olo.

Keväisin Tuulille tuli kaipuu synnyin-
seudulle. Hiekkala oli myyty, eikä omaa
majapaikkaa ollut. Matkan saattoi tehdä

muistojen kautta tai avata Googlesta virtuaalinen reittikartta. Näyttöpäätteellä sai silmäillä teiden kuntoa ja nähdä niiden muutoksia. Tuuli tunnisti jopa isot kivet tien vieressä, niin pysyvä oli lapsuuden muistijälki. Olihan hän kansakouluun kävellyt neljä kilometriä edestakaisin talven pakkasilla ja kevään kurakeleillä. Nyt soratiet näyttivät päällystetyiltä ja hyväkuntoisilta. Lehdettömät puut jättivät avarat näkymät talojen pihoille ja teiden risteyksiin.

Seudun näkymät nostivat tunnemuistoja. Sutelan tienristeyksessä Tuuli katsoi maatilaa uudella mielenkiinnolla.

Täytyikin ottaa selvää isovanhempien talokaupan tapahtumista. Mahtoiko silloisella maatalouden taantumalla olla merkittäviä vaikutuksia? Monille viljelijöille laman alla tehdyt taloudelliset investoinnit olivat osoittautuneet liian raskaiksi.

1920-luvun lopulla Suomessa koettiin reippaan kasvun jakso, jolloin vallalla oli nousukaudelle tyypillinen voimakas tulevaisuuden usko. Maatalouden kehittäminen edellytti investointeja navetoihin, pellonraivaukseen, lannoitteisiin, koneisiin kuin karjaankin. Kun omasta takaa tarvittavia pääomia ei ollut, jouduttiin tällöin turvautumaan pankkeihin.

Maailmanlaajuinen 1930-luvun taitteen lamakausi oli ankara. Maaseutuväen kasautuneet ongelmat johtivat ulosottojen ja pakkohuutokauppojen vyörymäiseen kasvuun. Pahimpina lamavuosina 1931–1936 Suomessa myytiin 15144 maatilaa pakkohuutokaupalla ja edelliseltä vuodelta vasaran alle meni 16628 viljelmää.

Tuuli päätti soittaa Mikkelin Maakunta-arkistoon ja selvittää, saisiko isoisän talo-kaupasta tietoa. Hänellä ei ollut varmuutta myyntiajan vuosiluvuista, mutta Kansallisarkiston asiakirjojen hakemiseen riitti paikkakunnan, kylän, maatilan, ostajan ja myyjän nimet.

Puhelusta hämmentynyt Tuuli onnitteli itseään. Hyvä, näin ne asiat pitää hoitaa. Nyt vain odotellaan postia kolme viikkoa.

Kirje oli postilaatikossa. Se sisälsi yksitoista kopiota Maarekisteriin tallennetusta kauppakirjasta ja siihen liittyneestä oikeudenkäynnistä. Sutelan omistajanvaihdoksesta tallennettu aineisto oli sekä liikuttavan läheistä luettavaa että 1920 – luvusta kertova dokumentti.

Näin kuuluvat kauppakirjan ja kauppavälikirjan:

"Kauppakirja.

Täten myymme ja luovutamme me allekirjoittaneet talolliselle Kustaa Tyyskälle ja tämän vaimolle ja heidän pojilleen Juho, Hermanni, Aukusti ja Lauri Tyyskälle omistamamme Sutela nimisen 0.1875 osalukuisen 0.0820 manttaalin veroisen itsenäisen tilan RN:0 4 Ristiinan pitäjän Koljolan kylässä N:4 välillämme sovitusta ja eri välikirjaan merkitystä kuudenkymmenen neljäntuhannen kolmensadan (634.300) Smarkan hinnasta. Mitään irtainta ei seuraa kauppaa. Omistus ja hallinto lankeaa ostajille tänä päivänä.

Näitä kauppakirjoja on tehty kaksi yhtäpitävää. Ristiinassa 7 päivänä maaliskuuta 1926.

Ida Sofia Heikkinen. o.s. Kallioinen

Antti Heikkinen

Yllä olevaan kauppaan olemme me kaikin puolin tyytyväiset.

Aukust Tyyskä, Juho Tyyskä, Herman Tyyskä, Taneli Tyyskä, August Tyyskä, Lauri Tyyskä

Nimikirjoitukset oikeaksi todistamme

Evert Paasonen, Emil Kähärä "

"Kauppavälikirja.

Tänäpäivänä tehdyssä Sutela nimisen tilan kaupassa olemme sopineet seuraavat ehdot;

1:siksi. Tilan hintaa maksetaan siten että tänäpäivänä maksetuksi kuitataan kolmetuhattaviisisataa (3500) Smk. Taavi Kiesilän

*kiinnityslaina sanottuun tilaan kaksitoistatu-
hatta (12.000) Smk. siirtyy ostajalle.*

*Samoin Ristiinan kunnan Säästöpankin
kiinnitys tuhat yhdeksänsataa kaksikymmen-
täviisi (1925) Smk siirtyy ostajille.*

*Kymmenen tuhatta (10.000) Smk. mak-
saa ostajat tästäpäivästä kuukauden kuluttua.
Loppusumma vaadittaessa. Loppusummasta
pidättää ostajat 1000 Smk sisässä niin kau-
van kunnes myyjät selittää omistusoikeuten-
sa.*

*2:seksi. Ostajat leimauttaa kaikki asiapa-
perinsa kun hakevat omistusoikeuttaan.*

*3:neksi. Tilalla oleva Ristiinan kunnan
Lainajyvästön velka 13 hl rukiita ja 3 hl ohria
maksavat ostajat.*

*4:neksi. Myyjät saavat asua tilalla 1 vuo-
den ajan ja käyttävät asuntonaan pienemmän
kamarin ja tuvassa leipovat ja tekevät ruo-
kansa. Saavat yhden aitan pitää huostas-
saan.*

*Myyjät saa sanotun ajan käyttää poltto-
puut tilan maalta ostajain osoituksen mukaan.*

Tilasta menevät maksut maksaa ostajat tämän vuoten 1 päivästä alkaen.

Ristiinassa 7 päivänä maaliskuuta 1926

Ida Sofia Heikkinen o.s. Kallioinen

Antti Heikkinen

Yllä olevaan kauppavälikirjaan olemme tyytyväiset

Aukust Tyyskä, Juho Tyyskä, Herman Tyyskä, Taneli Tyyskä, August Tyyskä, Lauri Tyyskä

Nimikirjoitukset oikeaksi todistavat

Evert Paasonen, Emil Kähärä

Tilan hintaa Tuomas Tuukkasen saatavaa 15.600 Smk rahaa Heikkiselle 500 maksetuksi kuitataan 16 100 mk. Kuusitoistatuhatta yksisata jonka tunnustan Ristiinassa 25. maaliskuuta 1926.

Antti Heikkinen

Todistavat Hjalmar Kousa, Lauri Siiriäinen, Evert Paasonen

Tilan hintaa Koljolan osuuskassalle 7.300 Smk. Mikko Pekkaselle 2000 Heikkiselle maksetuksi kuittaan yhdeksäntuhattakuusisataa (9600) markkaa tunnustetaan Ristiinassa 13 pnä huhtikuuta 1926.

Antti Heikkinen

Todistaa Nestor Hyyryläinen, Anselm Hyyryläinen, Evert Paasonen

Yllä olevan tilan hintaa vastaansaaduksi kuittaan maksamalla Ville Olkkosen Maaherran päätös Antti Heikkilä vastaan kolmetuhatta viisisataa kahdeksankymmentäkolme (3583) Smk jonka saaduksi kuittaan Ristiinassa 18 päivänä huhtikuuta 1926.

Antti Heikkinen

Todistavat E. Paasonen, Erik Siiriäinen

Edellä olevaa tilan kauppahintaa vastaan saaduksi kuitataan 27 671,34 kaksikymmentä seitsemäntuhatta kuusisataa seitsemänkymmentä yksi kolmekymmentä neljä Smk. Yllä oleva summa on maksettu siten että ostajat ovat maksaneet minun suostumuksellani minun tekemiäni velkoja seuraaville henkilöille

Kähärän perillisille saatava 3571:43

Edvard Kähärän saatava 1905:09

T. Kiesilän saatavat 18013:99

Manu Oravan saatava 463:00

Erik Siiriäisen saatava 750:00

Rahaa annettu minulle 100:00

Evert Paasosen saatavat 1531:17

Jalmar Haajasen saatava 1026:66

Aukust Venäläisen saatava 310:00

Joka täten todistetaan Ristiinassa 18 pnä huhtikuuta 1926

Antti Heikkinen

Todistavat: E. Paasonen, Erik Siiriäinen

*Yllä olevan tilan kauppahintaa kuitataan
maksetuksi seuraavasti*

Kunnan veroja v. 1925 Smk 100:00

Palorahoja samoin v. 1925 Smk 8:00

T. Kiesilälle kuluja Smk 56:00

A. Heikkisen emännälle Smk 100:00

A. Heikkiselle itselle Smk. 231:21

yhteensä Smk 945:21

*joka summa täten kuitataan Ristiinassa
13 päivänä kesäkuuta 1926*

Antti Heikkinen

Todistaa Nestor Hyyryläinen E. Paasonen

*2) otteen tämän KOden lainhuudatusasi-
ainpöytäkirjasta 2 päivänä lokakuuta 1925, 58
§: josta tähän merkittiin, että tämä Kos silloin
oli antanut talolliselle Antti Heikkiselle ensim-
mäisen julkisen ja riidattoman lainhuudon
Sutela nimiseen 0. 1875 osalukuisen ja
0.0820 manttaalin veroiseen itsenäiseen ti-*

laan RN:o 4 Ristiinan pitäjän Koljolan kylässä, jonka tilan Antti Heikkinen oli saanut testamentin nojalla 22 päivänä huhtikuuta 1923 kuolleelta talolliselta Tuoma Hyyryläiseltä, ollen tämä lainhuuto kuitenkin annettu ehdolla, että Antti Heikkisen oli tuotava selvitys siitä, että lainhuudon perusteena oleva testamentti oli saanut lainvoiman;

3)otteen tämän KOden pöytäkirjasta 5 päivänä syyskuuta 1923,

9§; joka sille kirjoitettuine todistuksineen tähän kokonaisuudessaan otettiin näin kuuluvana:

"Ote kihlakunnan oikeuden pöytäkirjasta, joka tehtiin Mäntyharjun tuomiokuntaan kuuluvan Ristiinan pitäjän käräjäkunnan lakimääräisten syyskäräjien yleisessä istunnossa kunnantalolla mainitun pitäjän Liikalan kylässä syyskuun 5 päivänä vuonna 1923.

Tilaisuuden saatuaan tuli Oikeuden eteen talonyhdysmiehen Antti Paavonpoika Heikkisen valtuuttamana asiamiehenä näin kuuluvan valtakirjan:

"Valtakirja,

*Avonainen asianajovalta annettu Ristii-
nassa 3 pnä syyskuuta 1923.*

Antti Heikkinen

*Todistavat: Evert Paasonen, Erik Siiriäi-
nen."*

*Nojalla herrastuomari Herman Nuutilai-
nen, joka päämiehensä puolesta tahtoi valvoa
hakijan isintimän Tuomas Hyyryläisen, Ristii-
nan pitäjän Koljolan kylästä, tekemän suulli-
sen testamentin, jonka mukaan mainitun Hyy-
ryläisen kaikki niinhyvin kiinteä kuin irtain
omaisuuskin tämän kuoleman jälkeen oli lan-
keava hakijalle Antti Heikkiselle sekä ilmoitti
että sanottu Tuomas Hyyryläinen kuoli huhti-
kuun 22 päivänä 1923 sekä tahtoi saada tie-
toa siitä, mitä päämiehensä olisi huomioon-
otettava päästäkseen nauttimaan testamen-
tissa mainittuja etuuksia, ilmoittaen vielä asi-
assa todistamaan talollisen Bernhard Hämä-
läisen ja tämän vaimon Hilda Hämäläisen,
molemmat Ristiinan pitäjän Koljolan kylästä,
jotka henkilöt esiinhuudettaessa tulivat Oikeu-
teen saapuville ja saivat, kun riitaa kysymyk-
sessäolevaa testamenttia vastaan ei ollut
tiedossa, hyvämaineisina ja esteettöminä*

*vannoa säädetyn todistajavalan, jonka arvos-
ta muistettuina erikseen kuulusteluissa kertoi-
vat:*

*Bernhard Hämäläinen: että viime tammi-,
helmi-, tai maaliskuun aikana tuli testamentin
tekijä Tuomas Hyyryläinen todistajan kotiin ja
pyysi häntä ja vaimoaan olemaan läsnä, kun
tahtoi määrätä, että kaikki hänen omaisuu-
tensa niinhyvin kiinteä kuin irtain omaisuuskin
oli hänen kuolemansa jälkeen lankeava haki-
jalle Antti Paavonpoika Heikkiselle lisäten
todistaja vielä, että Tuomas Hyyryläinen teki
määräyksen täydessä järjessään ja vapaasta
omasta tahdostaan ilman pakkoa ja viettelys-
tä ja että on tuntenut testamentintekijän jo
noin 30 vuoden ajan, jutelleen vainaja tästä
määräyksestään todistajalle jo aikaisemmin-
kin, sekä että vaimonsa oli sanotussa tilai-
suudessa myös yhtaikaa läsnä.*

*Hilda Hämäläinen: kertoi muuten yhtäpi-
tävästi edellisen todistajan kanssa, paitsi että
edellisen todistajan kertoma tapaus tapahtui
viime tammikuussa, eikä voi varmaan sanoa,
oliko tarkoitus omaisuuden langeta hakijalle
Antti Paavonpoika Heikkiselle testamentinte-
kijän vaiko tämän vaimon kuoleman jälkeen,*

*kertoen Tuomas Hyyryläinen tekevänsä tes-
tamentin siitä syystä, ettei hän ole saanut
omilta sukulaisiltaan mitään periä, vaan päin-
vastoin Antti Heikkisen sukulaisilta.*

*Todistajat omistivat puheensa tulleen oi-
kein pöytäkirjaan merkityiksi ja poistuivat vuo-
rollansa Oikeuden etuhuoneeseen.*

*Kun läsnä olevalla ei ollut muuta lisättä-
vää, sai hän käydä Oikeuden etuhuoneeseen
odottamaan, kunnes Kihlakunnanoikeudessa
oli päätetty antaa seuraava*

Ohjaus:

*Hakijan tulee pikimmiten antaa osa oike-
aksi todistettuna jäljennöksenä tästä pöytäkir-
jasta testamentintekijän Tuoma Hyyryläis-
vainajan lähimmille perillisille, joilla on sitten
valta vuoden ja vuorokauden kuluessa
osanannista lukien testamenttia moittia, jos
he katsovat itsellään syytä siihen olevan.*

*Todistukseksi siitä mitä näin tapahtunut,
luvattiin hakijalle antaa oten tästä pöytäkirjas-
ta. Merkittiin. Paikka ja aika edellä mainitut.*

Kihlakunnanoikeuden puolesta:

Edv. Harju. mtty,

Tästä testamentti valvonta pöytäkirjasta annoin oikeaksi todistetun jäljennöksen Tal. emäntä Serafiina Torniaiselle ja tämän miehelle allamainitun todistajan läsnä Ristiinassa 6 päivänä toukokuuta 1924.

Evert Paasonen, Kihlakunnan lautamies.

Väinö Heikkinen läsnä ollut todistaja.

Tässä valvotun suullisen testamentin nojalla on Ristiinan Kihlakunnanoikeus myöntänyt talolliselle Antti Heikkiselle tila RN:o 4 seuraavat lainhuudot:

Ensimmäisen ehdollisen 2/10 1925 58§:ssä, todistaa Kihlakunnanoikeuden puolesta: Brynolf Honkasalo. mtty

Päätös: Julistettiin; jonka jälkeen ensimmäisen kerran julkisesti ja avoimin ovin kuulutettiin, että tilalliset August Tyyskä ynnä tämän pojat Taneli Tyyskä, Herman Tyyskä, Lauri Tyyskä, Juho Tyyskä ja August Tyyskä ovat tulleet omistamaan Sutela nimisen 0.1875 osalukuisen ja 0.0820 manttaalin veroisen itsenäisen tilan RN:0 4 Ristiinan pitäjän

Koljolan kylässä, ostettuaan sen 7 päivänä maaliskuuta 1926 laaditulla kauppakirjalla 64.300 markan hinnasta talolliselta Antti Heikkiseltä ja tämän vaimolta Ida Sofia Heikkiseltä.

Liite:

"Kun on tiiossani varmalta taholta, ettei Tuomas Hyyryläisvainajan kuolinpesässä ole minkäänlaisia varoja, niin minä allekirjoittaja Asarias Häkkäsen uskottuna miehenä suostun Tuomas Hyyryläis- vainajan Antti Heikkiselle tekemän testamentin puolestani lakivoimaiseksi etten koskaan sitä moiti.

Ristiinassa 16 p:nä marraskuuta 1926

Nestor Siiriäinen, uskottu mies

Todistajat Oskar Tuukkanen, O. Marttinen"

Tuulin uusi totuus oli kuin unen metsäpolku tai sadan vuoden takainen piilopirtti. Sinne hän toistuvassa unessaan palaa kunnioituksesta isovanhempien elämäntyölle.

Täydenkuun aikana uni oli kevyttä. Suihkun ja kahvin jälkeen Tuuli pukeutui päivän ajomatkaa ajatellen ja viideltä oli suuntaamassa kohti moottoritietä. Pilvettömälle taivaalle nouseva aurinko häikäisi näkyvyyttä. Tien varren voikukkapellot vaihtoivat väriä, koska silmät täytyi suojata aurinkolaseilla.

Moottoritiellä liikenne oli hiljaista pohjoisen suuntaan. Radion kuuden uutisten aikaan edessä olivat Heinolan Tähtisillan maisemat. Siltaa ylittäessään hän muisti sen rakennusvaiheen massiiviset työmaat. Järven rannan lenkkipolku oli tullut tutuksi opiskeluvuosien aikana. Tuulin yksiö oli ollut keskustassa lähellä kauppakoulua. Opiskelu oli sekä rankkaa, mutta avasi työnäkymiä eteenpäin. Suunnitelmistaan hän ei miehelleen mitään puhunut, kun viikonloppuisin kävi kotonaan. Välit olivat nihkeät, mykkäkoulun ahdistus kävi hermoon.

Parin vuoden opiskelun jälkeen oli kuitenkin täytynyt tyhjentää opiskeluasunto, koska vuokrasopimus päättyi. Tiilitaloon paluu oli ollut kuolema. Tuuli varasi kuukauden kielikurssin Italiaan. Pakomatka oli viime hetkellä täytynyt perua. Hänen voimansa eivät riittäneet edes laukun pakkaamiseen. Lääkärintodistus auttoi saamaan rahat lentolipusta.

Ratkaisu oli silloin tehtävä. Hän ei tiennyt, mikä se olisi. Tiilitalossa ei voinut hengittää. Etäisyyttä täytyi heti saada. Tuuli muutti joksikin aikaa Hiekkalaan. Metsäteitä kävellessään hän mittaili paksuja männyn oksia. Hädissään soitti ystävälleen ja kertoi suunnitelmistaan. Päätti säilyä hengissä. Avioeron aika oli tullut.

Heinolan jälkeen on vielä sadan kilometrin matka ennen lapsuuden maisemia, Saimaan rantoja ja Punkaharjun näköaloja.

On kulunut yli kaksikymmentä vuotta siitä, kun Tuuli jätti kauniin järviseudun metsät ja pellot. Oli täytynyt vetää rajaa entiseen ja jatkaa elämää yksin omassa kodissa Uudellamaalla. Onnellista oli, että hän sai kuuden vuoden psykoterapian. Ammattiapu oli ehdoton tarve. Tuuli sai purkaa traumaattisten kokemusten tunteet ja muistot. Työpaikan hakeminen oli vaatinut lujaa tahtoa, mutta lopulta hän sai koulutustaan vastanneen työpaikan.

Sisarusten välit etääntyivät. Tuuli veti tietoisesti rajaa, koska ymmärsi, ettei menneisyyttä voi muuttaa. Puhuminen oli toivotonta haavojen repimistä ja tunkion pöyhimistä. Hän oli niin monesti saanut turpiinsa, ettei toistoja tarvittu.

Nyt hän ajaa suoraan lapsuuden pihamaille. Kohta on jyrkkä mutka, jonka jälkeen ylämäki, siitä eteenpäin tyhjä kyläkauppa, josta käännytään kapealle sivutielle. Hirsistä heinätallia ei enää olekaan, mutta punainen torppa nukkuu nurmettuneen pihan sisällä. Asukas on varmaan muuttanut nurmen alle kirkonkylään.

Vuosikymmenet vaikuttavat luontoon ja maisemat tulevat kotiseutumatkailijalle yllätyksenä. Entisiä heinäpeltoja peittää nyt istutettu lehtikuusimetsä. Sen takaa

vilahtaa Sutelan talo. Tuuli hiljentää vauh-
tia ja katsoo pihaan. Nurmikko on pitkä,
eikä autoakaan näy. Hän pysäköi tienris-
teyksen postilaatikoiden luona ja nousee
autosta.

Kansallisarkiston lähettämät asiakirjat
ovat todistaneet, ettei Sutela ollutkaan
Tuulin olettama Heikkisten sukutila. Missä
se oli ollut, siitä äiti ei puhunut. Ei ollut
sitäkään selittänyt, että isä oli saanut
maatilan testamentin kautta vuonna 1923,
jolloin äiti oli ollut seitsemäntoista ikäinen.

Oikeudenkäynnin aikana oli täytynyt
selvittää testamentin lainvoimaisuus.
Lopputulos oli ollut, ettei valitusta kukaan
sukulainen ollut tehnyt, koska Sutela oli
täysin varaton. Maatilan myyntiin kolmen

vuoden jälkeen saattoi vaikuttaa peritty velkataakka.

Tuuli jatkaa matkaa. Edessä ovat tutut peltoaukeat ennen radan ylikulkusiltaa. Silta on piilossa puiden takana eikä Hiekkalan kattoa näy. Tilojen välisestä rajametsästä voisi myydä tukkipuita. Kuusien ja koivujen korkeus ylittää talon. Maantieltä ei näe pihan tapahtumia. Myyntivaiheessa ohikulkijat olivat nähneet kaiken.

Nyt talossa on uusi asukas, eikä pihaan sovi ajaa. Auton voi parkkeerata Palvimäen tien reunaan ja katsella ympäristöä. Kävellä ja haistella kevään tuoksuja. Askelissa on haparoivaa epäuskoa siitä, että maantie jalkojen alla on vanha tuttu.

– Tässäkö minä kävelen tutun sillan yli. Oletko sinä Jumala sittenkin minun puolellani, kun annoit vielä tilaisuuden palata. Paluussa on kiitollisuutta juuri siitä hetkestä, Hän on onnellinen, vuosikausia mietitty matka on lopulta toteutunut.

Hiekkalani omistaja on pitänyt paikat kunnossa. On laitettu hienot peltikatot, räystäille rännit ja sadevesien keräilijät. Ympäristö on siistiä ja pihakeittiö on nerokas keksintö, samoin puinen puutarhakeinu aitan takana.

Muokatun saunapolun pelosta kasvaa nyt Tuulin istuttamat marjapensaat. Sadon on vuosien ajan saanut kerätä talon omistaja. Mansikkamaan paikalle ovat istuttaneet vadelmia. Alava maaperä on

niille sopivan kostea ja saunan ympäristö
on aurinkoinen.

Kuljeskelu saa riittää, puutarha on toisen omaisuutta. Tuuli kiirehtii lähtöä, mutta haluaa ottaa muutamia valokuvia. Erityisen ilahtunut hän on kukkapenkistä, joka on edelleen tuvan nurkalla. Ilo on osittain vahingoniloa ja kohteena on Leena. Tuulin istuttamat perennat ovat yhä elossa ja nyt kukassa loistaa keltaiset kullerot.

Tuuli oli kotoa lähtiessään valmistautunut kertomaan käynnistään ja kiittämään. Hän jättää aitan rappujen eteen pelargonian ja katoksen suojaan kirjoittamansa viestin.

Autolle mennessään Tuuli lähettää tyttärelleen ja tyttärentyttärelle kuvaviestin mökin pihamaalta. Hän on puhelin kädessä menossa autoonsa, kun kohdalle pysähtyy auto ja kuljettaja avaa ikkunaa;

– Hei, tarvitaanko täällä neuvoja, mihin olet matkalla?

– Kiitos, ei tarvita, En ole menossa mihinkään. Olen asunut tuossa talossa. Tulin katselemaan tuttuja paikkoja. Sopiiko kysyä, kuka sinä olet? Asutko tällä kylällä?

– Tulin käymään tuolla Palvimäessä, on tarkoitus tänään istuttaa muutama sata kuusentainta. On vähän kiire, kaveri odottaa.

– Oletko sinä Palvimäen Kauko? Tunnetko sinä kuka minä olen? Minä olen Tuuli.

– Jaa, enpä olisi tuntenut. Ei olla ihan eilen nähty. Oliko viimeksi isän hautajaisissa ja siitähän on aikaa kolmekymmentäkolme vuotta.

– Onhan tämä todella hieno sattuma, jokin ylhäältä suunniteltu johdatus varmaan, Tuuli innostuu. Kuvittele! Tulen tänne käymään kahdenkymmenen vuoden jälkeen ja tien mutkassa tulee isän puolen serkkuja vastaan.

– Tellekin on nyt tuolla kotipaikalla siivoilemassa talven jälkiä. Tule sinne, keitetään kahvit. Nyt pitää viedä taimet kaverille ja saada ne vielä maahan.

– Kiitos, on tässä pakko olla isompi suunnitelma. Ei tätä voi uskoa todeksi. Tämä on kuin järjestetty juttu.

Tuulin hämmennys on kiitollisuutta, kuin kauan kaivatun ihmisen löytymisestä. Niin iso puute hänellä on ollut yhteydestä isän lähisukuun.

– Aja perässä, nyt pitää joutua työmaalle.

Metsäinen kuiva soratie pöllyää ja Tuulin on jätettävä välimatkaa edellä ajavaan autoon. Hänen huvittunut epäuskonsa vaihtuu liikutuksen tunteisiin. Olenko menossa isäni kotipaikalle niin kuin ennen vanhaan Hiekkalassa käydessäni? Parin kilometrin jälkeen hän pysäköi autonsa isovanhempiensa talon pihaan. Talossa asunut Viljo sedän perhe oli ollut läheinen ja isän kuoleman jälkeen olivat monessa apuna.

Piharapuilla seisova Tellervo kutsuu tupaan. Hienoisen varautunut tervehdys on kuin yhteinen kysymys; Näinkö me olemme muuttuneet ja vanhentuneet.

Tuttu tupa herättää muistoja ajasta, jolloin isän äiti asui talon kamarissa. Manta mummo oli pienikokoinen ja hiukan pelottava, mutta antoi Tuulille sokeripalan. Niitä oli kamarin pöydällä kupissa, eikä tyttö saanut ottaa kuin yhden palan.

Tellervo sanoo jotain Tuulin vanhoista työpaikoista ja katkaisee nostalgiset haikailut. Kahvipöydässä Kauko kertoo isän puolen sukututkimuksesta. Hänellä on käytössä verkossa ladattava alusta, jonka hakee näytölle. Tuulia kiinnostaa miten voisi saada kopioiduksi sen tiedot itselleen ja aloittaa oman sukupuun. Voisiko

Kaukon kokoamat nimet ja syntymäajat avata näytölle ja valokuvata. Siitä saisi aineistoa suvun perinteistä kertovaan kirjaan, jota Tuuli on suunnitellut seuraavaksi työksi.

Vyyhti käy sekavaksi, kun Kauko tuntuu tietävän Tuulin kolmenkymmenen vuoden takaiset työpaikat ravintola-alalla. Tuuli inhosi sitä työtä, eikä nyt pidä siitä ajasta puhumisesta, mutta ei saa kysytyksi, mistä ihmeestä serkku, jota tuskin tuntee, muistaa jonkun työpaikan 1980 luvulta.

Kun Kauko avaa sukupuuhun tallentamiaan Tuulin ja tämän tyttären syntymäaikoja, selittyy se, mistä vanhat työpaikkatiedotkin ovat peräisin. Serkku. kertoo käyneensä Leenan kotona kysymässä

henkilötietoja eräästä dna-testin tehnees-
tä miehestä, joka oli lähisukua. Selvitys oli
osoittanut, että kyse oli Leenan tyttären
pojasta.

On aika jatkaa matkaa. Isän lapsuu-
denkodissa vietetty kahvihetki teki mat-
kasta täydellisen. Oli kuin enkelin ohjaa-
ma sattuma, että tapasi serkut, jotka toi-
vat lähelle ajat, jolloin maailma oli kotiky-
län kokoinen. Silloin koulumatkat hiihdet-
tiin isän tekemillä suksilla pakkasta ja lu-
mituiskua uhmaten. Kylän ainoaa musta-
valkeaa televisiota käytiin katsomassa
Laurilassa, elokuvia töllötettiin tuvan pitkil-
lä penkeillä istuen.

Tuuli palaa pölisevää metsätietä Hiek-
kalan risteykseen ja istuu hetken autossa.
Pihaan ei ole enää tarvetta mennä. Syn-
tymäkoti jää puiden varjoon ja jatkaa elä-
mää muistoissa. Matkan merkitys on an-
teeksianto.

Isän ja äidin nimet ovat yhteisessä hautakivessä. Sen eteen Tuuli muokkaa multaa, johon istuttaa kaksi pelargoniaa. Kukkia kastellessaan hän toivoo niiden kukkivan koko kesän. Hautausmaan män-tymetsän takana välkehtii Saimaan upea selkä. Näkymä on kaunis. Hän kiittää isää ja äitiä elämästä, jonka on saanut.

Ajatus omasta kuolemasta ja hauta-paikasta saa ajattelemaan viimeisen toi-vomuksen kirjaamista. Tuhkat voisi siro-tella kauniissa kesätuulessa läikkyvään Saimaaseen.

.

Tuuli jätti Saimaan rantakallion. Täytyi lähteä kotimatkalle kohti Etelä-Suomea..

Sitä ennen hän kiertää tutun lenkin Asemankylän kautta. Tien varren talot ovat paikoillaan, mutta peltomaisemat metsittyneet. EU sulki navetat eikä lehmiä ole laiduntamassa. Järven poukama ja mattolaituri vilahtaa puiden takaa.

Oikealla puolella olevan Ruoka ja Sekatavaran ikkunoiden peitoksi on naulattu pahvit. Sen viereen rakennettu Osuuskauppa Suur-Savokin on autio. Aikoinaan se oli paikkakunnan suurin kauppa ja sen elintarvikepuolen myymälänhoitajana oli Leenan mies. Pari tapasi samassa työpaikassa ja naimisiin menon jälkeen jatkoivat kauppiaana Kouvolan Sokoksessa.

Marketit ja parkkipaikat tulivat jäädäkseen ja syrjäyttivät alkuperäisen keskustan. Torin puoleisilla kaupoilla ja myyntikojuilla pyörii kesäasukkaiden tuomat rahat.

Tuuli on pettynyt näkemäänsä, jopa kiertoliittymä ärsyttää. Ennen oli tien risteys, joista käännyttiin torille tai ylös elokuvateatterille.

Harjulinnan mäelle on nyt rakennettu kerrostalo. Monta kerrosta betonia on paalutettu kallioon nuoruuden nostalgian ja sydänsurujen peitoksi. Kauhakuormalla on vedetty tasaiseksi näköalapaikka, jonka penkeillä koettiin ihanat vatsanpohjan värinät. Siellä oli kesäiltojen pussailut Paakkisen kanssa, sinne sai potkia pettymykset ja kirveltävät itkut, jos poikaa ei moneen päivään nähnyt.

Tuulin matka jatkuu Rantatielle, missä asui viisitoista vuotta. Jonkun naapurin hän muistaa nimeltä. Appivanhempien talo on tien lopussa ja siitä näkyy vain päätyikkuna. Aikoinaan tumma lautaseinä on nyt kermanvärinen ja luonto kasvattanut komean orapihlaja-aidan naapuritalon väliin.

– Siinähän onkin ihan tavallinen asuintalo tavallisessa taajamassa.

Mutkassa hän aikoo kääntyä talon pihaan niin kuin siellä asuessaan teki. Entistä parkkipaikkaa ei olekaan. Eikä pakettiautoja peltisepän verstaalla. Hiljaista. Vaikuttaa suljetulta. Menneisyydeltä. Oli tultava omin silmin toteamaan lopullinen muutos.

Piharakennus erotettiin omalle tontille anopin kuoleman jälkeen. Pienellä talolla

on nyt oma autopaikka tien reunassa.
Ostaja rakensi sisäänkäynnin naapurin
aidan viereen entiselle mansikkamaalle.
Kun Tuuli talossa asui, hän löysi ainoan
yksityisyyden kesäisin sillä seinustalla.
Nurkan takana sai olla piilossa pihan kul-
kijoilta.

Olihan sekin yksi elämänvaihe, josta ei osaa olla kiitollinen, Tuuli miettii. Aikaa ei voi vaihtaa, mennyt oli vaikeaa ja riitaista. Muistoilla on häpeän naamio. Mutta muuttaako itsensä syyllistäminen tehdyt tekemättömiksi. Voiko nuori äiti tietää asuntoa valitessaan, mitä tuleman pitää?

Eikä Tuulilta kysytty, haluatko tulla samalle pihamaalle appivanhempien systeemiin. Mies sen ratkaisun oli häiden jälkeen tehnyt isäpuolensa kanssa. Peltisepän rahoilla rakennettiin piharakennus, jonka toinen puoli oli keittiön, olo- ja makuuhuoneen asunto. Toiseen päätyyn tuli verstas, missä hakattiin peltiä.

Tuuli teki vuorotyötä hotellilla ja nukkui myös päivällä, jos meteliltä pystyi. Suihku oli alkuun päätalon puolella pesuhuoneessa. Täytyi kulkea pihan poikki, avata anoppilan ulko-ovi tietämättä, mitä talossa oli meneillään ja hiipiä olohuoneen ja keittiö viereistä käytävää saunatilaan. Sinne mennessään ei tiennyt, tuleeko lämmintä vettä vai peseekö kylmällä. Jos oli riisunut, pesuhuoneen ovi saattoi avautua, kun seppä muka vahingossa varmisti, onko vesi lämmintä. Suihkusta palatessaan Tuuli ohitti keittiön nopeasti välttyäkseen appiukon letkautuksilta. Sillä oli irvailua pimpsan pesusta ja lämpimän veden lotraamisesta jalkoväliin.

Kun suihku lopulta saatiin omaan asuntoon, jatkui vesikeskustelu.

Pannuhuone oli päärakennuksessa. Pakkasten aikaan patterit olivat joko kylmät tai lämpimät. Kun lämpö ei ollut päällä, täytyi joku vipu käydä kääntämässä kattilahuoneessa, että piharakennuksenkin patterit lämpisivät ja lämmin vesi kiesi vesijohdoissa.

Siitäkin asiasta Tuuli jankutti miehelleen.

– Käy sinä kääntämässä se suntti, ettei minun tarvi mennä aina asioista valittamaan.

Eikä mies mennyt. Tuuli jatkoi taisteluaan ja sai siitä kärsiä. Anoppi kielsi hänen poikaansa moittimasta ja käski pitää mölyt mahassaan.

Tuulista oli tehty syntipukki sotkujen peitoksi. Nuoren perheenäidin avuksi ei tullut suvun piiristä kukaan.

Miniän oli huudettava kovempaa. Hätähuudoille naurettiin. Tuuli oli tarttunut pulloon ja haastoi sepän kanssa riitaa. Itsetuhoisen käytöksen takia häntä mustamaalattiin ja puukotettiin selkään. Hävetköön sellainen äiti! Ravintolassa käy

töissä, ryyppää kotona, eikä ole kunnon
ihminen.

Vuosia kestänyt jyskytys lopulta vaikeni, kun verstas suljettiin. Seppä rakensi työtilat talonsa päätyyn ja entisen verstaan remontoi poikansa perheelle asunnoksi.

Tiivistä yhteiseloa ei Tuuli päässyt karkuun. Miehelle ei ollut ongelma olla äidin huushollin kyljessä. Aikamiespoika oli aina asunut kotona ja omasta huoneestaan 26 vuotinana oli astellut alttarille. Samoin nuorempi veli muutti häiden jälkeen äidin hoivista piharakennukseen.

Tuuli oppi laittamaan ulko-oven lukkoon yksin kotona ollessaan. Hän oli monet kerrat joutunut häirityksi milloin milläkin verukkeella. Kun seppä oli laittanut pannuhuoneeseen tulet, se kulki piharakennuksen ovesta sisään koputtamatta. Jos oli tulossa saunavuoro, se kävi siitäkin itse sanomassa.

Heitto oli aina sama härski värssy; "Pitkälikka pimpsan pesulle, niin saat antaa miehellesi saunapuhdasta."

Mikään kellonaika ei ollut ennakoinut milloin ovi rapsahtaa. Vuorotyöläisen nukkumisen ajat vaihtelivat. Jos oli tullut yövuorosta kahden aikaan, oli aamupäivän unessa. Tuuli heräsi, kun appiukko nyki peittoa päältä ja tunki viereen; "Anna nyt pitkälikka pusu."

– Saatanan sika painu helvettiin, älä sika tule siihen!

Hädissään Tuuli ei tiennyt juokseeko ulos vai keittiöön.

Seppä sönkötti eteisessä jotain pannuhuoneesta. Tuulilla oli tiskit altaassa likoamassa. Hänen käteensä tarttui pohjaan palanut vellikattila, jonka vedet sinkosi sepän päälle.

– Heh heh, heh, sitähän vaan tulin sanomaan tuosta… paksu haalarimies luikahti ovesta ulos.

– Älä ikinä tule tänne sanomaan minulle mitään helvetin paskasika, Tuuli huusi rappusilta.

Tuulin koti oli tahrattu, hänet oli tahrattu, hänen perhe-elämänsä oli tahrattu.

Miehelleen Tuuli raivosi.

– Etkö uskalla vetää sitä haisevaa paskanaamaa turpaan, etkö välitä miten isäpuolesi ryömii sänkyyn viereen. Anna pusu, anna pusu, se hoki. Saatana! Sillä-

kö ei ole sinulle mitään väliä, mitä se tääl-
lä touhuaa, kun et ole kotona. Eihän se
osaa puhua kuin normaalit ihmiset, se on
aina samaa sontaa, eikö sinua inhota,
kun se käskee minun pestä pillua, että
sinä saat saunapudasta, vai etkö uskalla
pitää vaimosi puolia, mikä siinä äijässä on
niin saatanan pelottavaa ettei sitä uskalla
vetäistä turpaan niin kuin mies miestä??
– Perkele lopeta!
Tuuli sai nyrkistä.

Tuuli piti ulko-oven lukossa, kun oli yksin kotona. Hän käski miehen sanoa sepälle, että puhelin oli, jos oli asiaa.

Muuttoa muualle Tuuli teki tuhat kertaa. Pyysi ja rukoili miestään etsimään toisen asunnon.

– Mikäs meidän on tässä asuessa, kun on halpa vuokra ja muualla kalliita.

Tuuli uhkasi ottaa avioeron. Sai tylyn vastauksen.

– Jos tästä lähdet, tyttöä et mukaasi ota, siitä suku pitää huolen.

Henkireiäksi tuli kesämökin rakentaminen. Ranta oli tiettömän taipaleen takana ja vuosi meni raivatessa tietä tontille. Kevyempiä tarvikkeita alkuun kannettiin ja seuraavana kesänä autotie oli valmis ja betonimyllyn sai paikalle perustuksen valua varten.

Eihän Tuuli peltisepän suvusta vielä eroon päässyt kokonaan, kun miehiä tarvittiin talkoisiin. Ilmaista työvoimaa oli ja mökki tuli valmiiksi parissa vuodessa.

Vapaa-ajan sai viettää omassa piilopaikassa, kun naapureita ei näkynyt tai kuulunut. Hän nautti pihatöiden rasituksesta, sai raitista ilmaa ja otti aurinkoa laiturilla. Piha laajeni ja kukkapenkit saivat kasteluvettä järvestä. Mökin sisustaminen ja kaikki arkinen tekeminen ulkona oli uutta. Töiden jälkeen mökille oli lyhyempi matka ajaa, sai mennä yöllä nukkumaan ketään häiritsemättä, lämmittää saunan aamulla.

Tuuli rakasti aamusaunaa ja alasti uintia. Sen jälkeen oli virkistynyt, hyvä olo. Laiturilla laineen liplattaessa saattoi rauhoittua uutta työvuoroa varten. Hotellilla oli kesäisin erityisen kiireistä ja kuormitusta kasaantui liiaksi. Työvuoron jälkeen ei heti osannut nukkua ja univelkaa kertyi. Samaa puhuivat työkaverit. Osalle kaljasta oli tullut toimiva unilääke, joku otti unilääkettä.

Apteekissa käydessään Tuuli osti Valiumia, josta haki apua rentoutumiseen. Jännitys haittasi työn tekoa, kun käsien vapina oli näkyvää. Rauhoittavat tekivät olon tokkuraiseksi ja kuivasi suuta. Hän tutki puhelinluetteloa, pyöritti numeron ja keskus vastasi; Lääkärikeskuksen ajanvaraus.

– Varaan ajan ylilääkäri Evolalle, hän sanoi.

Vastaanottohuone oli neljännessä kerroksessa. Ovissa oli lääkäreiden nimikylttejä nenä- ja korvataudeille, naistentaudeille ja psykiatrialle. Vuoroaan odottavat asiakkaat lukivat lehtiä tai olivat lukevinaan. Tuuli ei uskaltanut ottaa niitä käsiinsä, ei olisi saanut pidettyä vapinaa piilossa. Hän puristi tuolin käsinojaa ja pelkäsi pyörtymistä, vaikka ei ollut koskaan pyörtynyt.

Ovi rapsahti auki ja Tuuli kuuli nimensä. Hänet ohjattiin huoneeseen, pyydettiin istumaan vihreällä kankaalla päällystettyyn tuoliin. Työpöydän takana ylilääkäri Evola rassasi piippuaan. Kun sai sen syttymään, otti kynän ja sinikantisen vihkon, kysyi kysymyksiä, odotti vastauksia ja välillä kirjoitti ja hymisi, hym, hym, hym… Kurtisti joskus kulmiaan, kohenteli piipun pesää, rapsautti sytkärillä liekin, imeskeli piipun savuja ja pölläytti. Tuulia pelotti, mitä se sinne vihkoonsa kirjoitti. Oliko hän noin sairas, että koko tunti on yhtä kirjoitusta. Hän kaivoi kassistaan tupakat ja sytytti. Käsi vapisi.

– Hym, hym, hym, teillä näyttää olevan masennus ja ahdistus. Kirjoitan Tranxcilen ja Limbitrol reseptit niitä varten.

Vuosikausien lääkeriippuvuus oli saanut alkunsa. Täytyi varata aika uudestaan ja uudestaan.

Evola rassasi piippuaan, Tuuli tupakoi ja puhui mitä sattui, purki anoppilassa asumisen ääritilanteita, työ- ja kotiasioita. Lääkäri kyseli alkoholin käytöstä. Kyllä sitä vapaa-ajalla kului. Krapulat aina hävetti, työssä uupumus kulutti. Tuuli pyysi päästä psykiatriseen sairaalaan hoidettavaksi, ei päässyt, ei ollut syytä, hym, hym, hym, piippu savusi.

– Sata markkaa. Soitatte sitten, jos lääkkeet loppuvat.

Evola kirjoitti avuliaasti uusia reseptejä sydämentykytykseen ja piristykseen. Lopulta Tuuli pyöritti neljää erilaista purkkia. Varusti kapseleita taskuihin ja kassiin, nappasi töissäkin, kun jännitti.

Tuulin pelastus oli vastaanoton sulkeminen Evolan jäätyä eläkkeelle. Resepteillä ei ollut uusijaa.

Kapselit loppuivat ja vieroitusoireet hyökkäsivät. Töissä hikoilutti niin, että valkean työpuseron kainaloihin täytyi topata paksut hikilaput.

Ruokahuoneen pöytään ei voinut mennä työkavereiden kanssa samaan aikaan tai kahvimukiin täytyi tarttua kaksin käsin. Piti jollain tekosyyllä kiertää, ettei muka ehdi tai on jo juonut tai syö sitten kun ehtii myöhemmin.

Täytyi varata uusi aika Lääkärikeskuksen psykologille.

– Miehen mittainen, oli Tuulin ajatus, kun vastaanoton ovi avautui.

Lääkäri kätteli ja pyysi istumaan. Tuuli purki kuormaansa, mutta terapeutti ei kirjoittanut mitään. Hän katsoi silmiin, kun kysyi jotain.

Ensimmäistä kertaa Tuuli kuuli mielipiteitä itsestään. Elämäntilanteestaan. Hänen oli ihmissuhteissaan otettava itse vastuuta. Ahdistus- ja masennuslääkkeitä hänen ei olisi koskaan pitänytkään syödä. Niistä johtuva riippuvuus aiheutti jännitystä ja vapinaa.

– Autonomisen hermoston epätasapainoa voidaan hoitaa lääkkeillä, joista ei kehity riippuvuutta.

Kun farmaseutti laittoi pussiin yhden lääkeliuskan ja ohjeisti ottamaan kolmasti päivässä, se oli ensimmäinen kerta, kun Tuulia ei apteekissa hävettänyt.

Hän toivoi pääsevänsä niistäkin pillereistä eroon.

Elokuu oli helteinen. Osalle pensaista porottavan aurinko oli liikaa tai niiden hätäinen istutus keväällä oli kuivattanut juuret. Taimitarhan pitäjä oli neuvonut pitämään juuripaakkuja vesiämpärissä ja kaivamaan syvät kuopat ennen istutusta. Ehkä ne ensi keväänä virkoaa tai täytyy ostaa uudet taimet. Pihasuunnitelmaakin voi silloin taas muuttua.

Toukokuussa Tuuli oli hurahtanut taimitarhalla käydessään. Osti kerralla kymmeniä erilaisia perennoita, vaikka pihamaan muokkaus olisi pitänyt tehdä ensin. Talon nurkilla oli vielä rakennusjätteitä, eikä kivikkoista rinnettä kunnolla tasattu. Syksyllä ostettu kuorma-autollinen multaa oli levittämättä. Tuuli hakee autotallin vesiletkun ja aloittaa kastelun perennapenkistä. Multa on pöyhitty, kun kissat ovat löytäneet siinä vessan.

Pennut livahtavat piilopaikastaan ve-
sisuihkun alta ulko-ovesta sisään. Niillä
on ensimmäinen kesä uudessa kodissa,
samoin Tuulilla.

Talon rakentaminen oli miehen pitkä-
aikainen suunnitelma. Tuulikin oli lopulta
osallistunut asuntomessuilla ja lukenut
kuvastoja. Talomalli löytyi. Ulkoverhoilun
täytyi olla valkea lohkotiili ja aumakatto
musta. Arkkitehti piirsi toiveiden mukaiset
ratkaisut.

Pihaa kastellessaan Tuuli muistaa vuoden takaisen elokuun. Silloin talossa oli runko pystytetty ja katto piti rakennuksen kuivana. Sisätöitä pääsi tekemään.

Oli tarkoitus pitää harjakaiset viikonloppuna ja tarjota anopin keittämää hernekeittoa talkooporukoille.

Perjantaina miehen veli oli tuonut isästään tietoa, joka peruutti suunnitelmat. Peltisepän verstaalle oli täytynyt soittaa ambulanssi, potilas oli kiireellisenä kuljetettu keskussairaalaan, mutta kuolema oli tullut teho-osastolla.

Lehti-ilmoituksella hautajaisiin kutsuttuja sukulaisia, ystäviä ja naapureita istui kirkossa käytävän molemmin puolin. Lähisuku oli lähellä alttaria, missä ruumisarkku oli.

Tuuli ahtautui ensimmäiselle penkkiriville. Istuinpaikasta tuli hänen painajaisensa, josta ei voinut paeta. Hän oli ansassa. Tuli kokovartalovapina ja häpeä. Hävetti olla tiukasti toisen ihmisen vieressä, missä käsivarret ja kyljet hipoivat. Tuuli veti itseään kasaan, mutta tärinä jatkui. Täytyi nousta lukemaan rukous. Hän puristi kirkonpenkistä kaksin käsin. Ruumisarkku oli siinä silmien alla. Kansi oli kyllä päällä, mutta oliko varmasti lukossa. Jos sen saa sisäpuolelta auki, se tulee siitä arkusta ylös.

Eihän sellainen voi olla kuollut.

"Mikäs pahan tappasis."

"Pitkälikka pimpsan pesulle saat antaa miehellesi saunapuhdasta…Maasta olet sinä tullut maaksi pitää sinun jälleen tuleman Herramme Jeesus Kristus on sinut viimeisenä päivänä herättävä".

Tuuli vilkaisi kantajien suuntaan ja liittyi käytävällä kulkevaan saattoväkeen. Arkku laskettiin hautaan, soraa ropisi arkulle, eikä Tuuli vieläkään luottanut, että kansi on kunnolla kiinni.

Seurakuntakeskuksen isossa salissa muistotilaisuus kesti kauan, kun väkijoukko jonotti seisovan pöydän tarjontaa, oli muistopuheita ja virsiä, adressien lukua ja seurustelua ja vielä kahvinjuontia. Kesken ei voinut poistua, kun muka kuului sukuun. Kuulunko, Tuuli tuskaili itsekseen, mutta haki syrjäisen tuolin.

Viimein livahti eteiseen, missä vieraat kättelivät anoppia ja hänen lapsiaan. Tuuli ei ehtinyt ulos, hän joutui naapurin halaamaksi. Jäi loukkuun naulakolle, kun tutut tulivat puristaman kädestä ja ottivat osaa.

Jotkut kai luulivat, että miniälle appiukon kuolema oli surun paikka. Ei ollut.

Tuuli ratkesi itkuun. Hysteria repesi. Ihmisjoukko vatkasi kättä ja hän nyyhkytti, eikä saanut pidäteltyä, vaikka miten pidätteli, itki kovemmin, kun ihmiset katsoivat säälivästi.

Hän häpesi, häpesi, itki ja häpesi.

– Jumalauta!